湖光海韵

朱国平 著

天津出版传媒集团
百花文艺出版社

图书在版编目（CIP）数据

湖光海韵 / 朱国平著 . -- 天津：百花文艺出版社，2022.1
ISBN 978-7-5306-8188-6

Ⅰ. ①湖… Ⅱ. ①朱… Ⅲ. ①散文集—中国—当代
Ⅳ. ① I267

中国版本图书馆 CIP 数据核字（2021）第 247486 号

湖光海韵
HUGUANG HAIYUN
朱国平　著

出 版 人：薛印胜
特约策划：凌　翔
责任编辑：徐丽梅
特约编辑：宋春悦
出版发行：百花文艺出版社
地址：天津市和平区西康路 35 号　　邮编：300051
电话传真：+86-22-23332651（发行部）
+86-22-23332656（总编室）
+86-22-23332478（邮购部）
网址：http://www.baihuawenyi.com
印刷：廊坊市海涛印刷有限公司
开本：710 毫米 ×1000 毫米　1/16
字数：200 千字
印张：13
版次：2022 年 1 月第 1 版
印次：2022 年 1 月第 1 次印刷
定价：58.00 元

如有印装质量问题，请与廊坊市海涛印刷有限公司联系调换
地址：河北省廊坊市安次区码头镇金官屯村
电话：（0316）2516002　邮编：065003

自序：灭渡，觅渡，觅度

在苏州古城区东南角，葑门之外，有一座建于元代的石拱桥，叫灭渡桥。站在桥上远眺古城，在粼粼波光中，古运河和护城河汤汤而来，交汇后，从脚底的桥下，沿着运河古道，拐个浅浅的弯，向城外的澹台湖、向着杭州方向奔流而去。

从桥堍拾级而上，横铺的条石薄而宽，所以行走方便而省力。桥面上，或浅或深的履痕，像模糊的历史年轮。桥两侧石块剥落处，有修补的痕迹。我端详刻在栏杆一侧的“元大德二年始建”的字样，宛如面对一位从历史深处走来的老人，我想聊点什么，却因为相隔年代久远，连语言的障碍都无法越过。在六十米之外，建于2002年的灭渡新桥长而宽，除行人、过车之外，还设有供行人观景、散步的专用便道。新桥落成，这老桥，便成为一件文物，作为灭渡桥景区中心，任游人盘桓其上，领略古城新韵，感受时代变迁。

灭渡桥的两端，是繁华的莫邪路和南门路。七百多年前，这里虽是由吴江通往昆山、常熟，连接吴越的必经之路，但荒野连绵，水宽路断，全靠渡船连接南北交通。“春潮带雨晚来急，野渡无人舟自横。”正自焦急，船主出现。客人上船，当船儿行至河中，船主却狮子大开口，根据客人的不同身份或穿戴，敲诈勒索。如客人与之发生争执，便有同行过来添威助势。客人人生地疏，只得自认倒霉，伸着脖子任其宰割后继续赶路。这，便是灭渡桥建桥之前的真实境况。

当时，昆山有一个法号敬修的和尚，对葑门外这片水域的不太平有所耳闻。一日，敬修陪师父来此寻舟过河，果然亦遭遇敲诈。敬修具文上诉，官府缉拿惩办了一些不法之徒，劣行有所遏制，但勒索之事仍时有发生。于是，敬修决意修桥，以图造福民间，从根本上解决问题。他广告社会各界，摇唇鼓舌，化缘募捐。经过三年的呕心沥血，终于桥生渡灭，得遂所愿。灭渡者，除暴安良，惠泽一方也。古之贤达，取桥名“灭渡”，贴切准确，用心良苦。

新建的灭渡桥，已更名为觅渡桥。觅渡，很容易使人联想到李清照词中“寻寻觅觅”和“争渡争渡”，十足的文艺味，比之“灭渡”，更具文墨之雅。再者，和苏州相距不远的常州，既有觅渡河，又有觅渡桥，而且，因为梁衡先生《觅渡觅渡渡何处》这篇堪称经典的散文，更使“觅渡”成为一个热词。这样，新的灭渡桥建成后，由方言的谐音，引发“灵感”，改“灭”为“觅”，也就顺理成章了。好在老桥还在，在其南堍立着的石碑上，“灭渡桥”三个字依旧赫然在目，向游人叙说着“觅渡桥”的前世今生。

觅渡有诗意，但在早已成为闹市区的葑门外一带，已无法寻到“觅渡”的意境。到处都有的高速公路，跨海过江，翻山越岭，能把相隔千里的两个地方连成一体，哪里还有“渡”可觅？觅渡不如无渡，七八百年前的敬修和尚，其超前思维确实了得！当然，只是那个“灭”字，似乎总带着一股戾气。灭渡，总有一种煞风景的意味。

由此，我想到佛家的“度”。假设将新桥改名为“觅度桥”呢？跨越自然界的山山水水，即便是冰山大洋，在科技高度发达的今天，已经不是什么难事，而“度”引领人类精神升华，任重道远，潜力无限。从凡人到圣人，学无止境，知亦无涯，度己为责，度人为德，度人度己，功德无量。度，虽然不牵涉具体，但却无所不在。

纵观古往今来所有的文字，其实都和“渡”与“度”相关。作为一种媒介或符号，文字“渡”人“渡”己之功不言而喻，而通过文字形式的表达或接受表达，总会对人的认知产生一定的影响，这既是度人，亦是度己。当然，就我而言，愧乏度人之力，确有度己之愿。

书名《湖光海韵》，是说我行走于苏州大丰两地，而大丰乃海之一隅。苏州有临湖蜗居，拜天所赐，书中内容难免沾上一些“湖光”“海韵”，故借光偷韵，以充门面。

2020.9

目　录

第一辑　江南江北

第二辑　芳草萋萋

第三辑　渐行渐远

第四辑　近踪远影

第一辑　江南江北

一蓑烟雨永宁桥

串场河和范公堤像是老式婚姻的标本，它们既磕磕碰碰，又不离不弃。这不，走着走着，串场河便丢下范公堤，向西绕一个或深或浅的弯，独自走一段，又回到范公堤身边，继续前行。由此形成的这种以河作弓、以路为弦的地段，形成了许多千年古镇，仅在大丰，就形成了三处。草堰，是其中之一。

草堰和我知道的其他古镇一样，都有一条与范公堤平行的夹沟，两端都连着串场河。近半个世纪以来的变迁，并不能使草堰完全淹没悠久岁月中，沿河人家相挨，酒肆茶坊，各种店面应有尽有的繁华旧迹。位于草堰老街夹沟中段的永宁桥，便是古镇草堰旧日繁华的历史见证。

永宁桥建于明万历三十六年（公元 1608）。估计所有街市的兴建都是一样，先有河，后有沿河人家，再有居民的不断集中，商贾云集，市镇渐成。草堰古镇形成之初的相当一段时间里，夹沟中段并无桥梁，只南北端各有一座窄窄的木桥，供两岸交通。冬季里，河水冰封，常有人踏冰而过；夏日里，图方便蹚水而过的也大有人在。据传，有一个十五六岁的少年，涉水到对岸玩耍，不慎淹死，之后，连续好多年，每年都有人在涉水过河时殒命。

这一年，住在河东岸义阡禅寺旁的一个老太太在家里和一个来串门的邻居唠嗑时，突然昏厥倒地。好在邻居沉着，掐其人中，老太太很快醒来。但从此精神萎靡，卧床不起。老太太在泰州做生意的儿子得信儿后匆匆赶回。受高人指点，老母亲的病很快好了。为回馈乡里，儿子辞别母亲，去了泰州，变卖了店铺及所有家当，回到草堰，用这笔钱在夹沟的中段修建石桥。桥建到中途，钱已用完。他正一筹莫展时，镇上的居民纷纷解囊赞助，终于将桥建成。后来，老太太——这位孝子的母亲，活了一百零三岁。当地居民为表彰老太太儿子的造桥之功，要以老太太儿子的名字作为桥名——老太太的儿子叫邵子正，这座桥便准备叫子正桥。可子正坚决不允，他说："承蒙乡亲美意，但在下无德无能，恐被折煞，不如以永宁名之，以期一方平安。"于是，这桥便被叫作永宁桥。

后来，在清朝末年和二十世纪四十年代，这座桥两遇战火，几近倾圮，幸两次皆因乡民襄助而得以修复。二十世纪七十年代初，一个下着小雨的秋日，我来草堰，曾随朋友一起登上石桥。那时，虽然有了另辟的东西向的新街，但桥上远眺，白墙灰瓦，青砖小道，夹沟绿波荡漾，有船儿穿行其中，有浆洗者码头忙碌。细雨蒙蒙中，还真感受到来自历史深处的心灵撩拨。

这一次来，时光又走过四十余年。永宁桥还在，但它已经挪了位置。夹沟大部分地段已经干涸，沿街的老屋，有些关门落锁，有些门庭大开，也是空落落的，还有一些已经被挂上了当地市、区政府颁发的文物保护单位的牌子。永宁桥在 1978 年因为一家单位通车不便而被拆掉，原址上新建了一座便于汽车通行的水泥桥。所幸当地政府听取民众意见，于 1987 年收集拆下的原石料，在原址附近，按原貌将永宁桥重新建起。粗一看，和原来的还真没有什么两样。

也巧了，还是秋天，我来的时候，还只是多云。当我再次登上永宁桥的时候，竟然飘起了雨丝，而且渐渐下大。离开时，我又一次细看桥东端的桥联：路接东亭，曰康曰庄占利济；桥成北堰，乃文乃武际风云。这是古人对未来的寄怀与祝福。对古人，我们是未来，对未来，我们终是古人。所以，如何承前启后，不辱先祖，不负后代，这，该是永宁桥对我们无声的希冀。

2018.10.19

做客三山小蓬莱

苏州三山岛，太湖小蓬莱。10 月 24 日下午，我和来自无锡的老同学王正，两家一行四人，从东山的长圻码头上船，前往我们向往已久的三山岛。二十分钟后，渡船驶进了岛上的先奇码头。

我们才走出码头，腾达山庄的老黄，便开着机动三轮车接我们来了。岛上没有汽车，只有自行车或三轮车。自行车，名副其实，靠骑行者双脚驱动，有二人共用和四人共用两种。三轮车有电动的或机动的。老黄的三轮车车厢左右两侧各放着一块超出车厢长度的木板，待我们进了车厢，将木板搁起，这便是我们的凳子。先奇码头位于岛南部偏东，五六分钟后，我们便到了位于岛西南端的老黄家。

老黄家是一幢四层的楼房，每层有六个房间，可以容纳四五十个客人。我们在二楼挨着的两个房间丢下简单的行李，看离吃饭还有一个多小时，便决定到湖边转转。老黄将我们领到离他家三五十米远的环山公路边的一个岔路口，老黄回家，我们便沿着他指的路继续走，果然没走几步，就见到了一条长长的通向湖中的堤。堤的入口处建有一个门楼，上端横梁上用小篆写着“吴王堤”三个大字。入口处外面，连着一片不大的广场，广场中间有一个新建的飞檐翘角的亭子。

我们径自从门楼进去，沿着堤前行。这堤将内湖和外湖隔开，靠内湖一面的栏杆上，每隔几十米就有一尊石头刻出的十二生肖。开始我弄不明白，为何要做这样的装饰。走到堤的那头，我看到小姑山山脚下有奇形怪状的石头——这些是真正的太湖石，有的形似奔马，有的宛如羊羔，这时我才恍然大悟，十二生肖的装饰，是将这山前怪石的天然之状，以人工雕琢之法，做更逼真的展示。虽是秋末，但吴王堤两侧依旧杨柳依依，清风拂动，残照斑驳，别有情趣。

皇家采石场是紧邻吴王堤的一处景点。北宋时，朝廷征用大量民力，来三山岛一带开采太湖石，由花石纲运至京城。三山岛小姑山，便是当年开采石头的一处遗址。陡峭的山壁上，有“皇家采石场”几个遒劲峭拔、旷达飘逸的楷体字，下有“眉山苏轼”的落款。苏轼是北宋名臣、文化名人，和采石场有时间上的吻合，但这几个字为坡翁何时何地因何而书，则不得而知了。

吴王堤这端，建有太湖国家湿地公园。公园里面，挂有影视基地、太湖大讲堂的牌子。公园面积不大，供游客活动的地方主要是在水面用木板建成的平台、栈道。栈道栏杆外，停着几十艘小游船。因为时间已是傍晚，加之是工作日，所以游客不多。一位和我们一起从码头过来的无锡的老先生，把照相机架在临湖的栏杆上，眯着眼拍夕阳晚照。湖山之上的夕阳，红的像一团火焰，在宁静的湖面，映出一条长长的光影，远山近水，上下天光，宛然一幅斑斓的图画。

如果说，三山岛像一颗南凹北凸的菱角，那么，和吴王堤连在一起的这几处景点，则是附着在菱角一角的一枚芡实。在小姑村这一段，它被环湖公路隔到了环外。

晚饭自然是靠湖吃湖了。白鱼、白虾、银鱼炒蛋，还有一些农家自己种的蔬菜。老黄告诉我们，自己种的蔬菜不够吃，他们也经常到市场买。市场上的蔬菜，都是东山岛上农家自己的出产。

晚饭后，我们出小姑村，沿着湖边，朝白天上岸的先奇码头方向散步。这一段湖边，也是内湖之边。内湖和外湖之间有长长的堤坝，堤坝上长着高高的垂杨，它们挡住了浩渺的烟波，也挡住了澎湃的涛声和粼粼的波光。内湖里长满莲藕，如果来得时间正好，赶上成片盛开的莲花，那一定是绝美的风景。但朦胧的月色下，枯枝残绿，确实引不起观赏的兴致。我们走了一段，便悻悻然回老黄家休息了。

翌晨六点，我洗漱好，给隔壁房间的王正发消息，打算喊他一起到附近走走。没想到他当即回复一条消息，说他五点钟就出去了，已走出好远。于是，我独自沿着老黄家前面的一条小巷子，向深处走去。在巷子的尽头，我居然看到了一座年代久远的建筑。朝里走，大门洞开，却没有人居住。正在我迟疑时，从旁边屋子里走出一个中年男子。我问他这房子的主人，他说，这房子是他祖上留下的，叫荆茂堂，本来有三进，已经倒掉一进，剩下的两进再不修也快要倒了。我问他为什么不赶快修缮，他说正在和村里商谈这件事儿。他话题一转："你要看老房子，到桥头吧，那里有保存较好的一幢老宅，看的人很多。"他还热情的给我介绍了走过去的详细路线。

四人一起用完早饭，按照荆茂堂主人的指点，步行十多分钟，到了离昨天上岸的码头不远的古宅。古宅叫清俭堂，因为主人姓黄，所以又称为黄氏古宅。在大门外，一位老者坐在那里摘黄豆角子。估计他就是这房子的主人，我们问他能不能进去看看，他点点头，对我们说："可以进去，但不可以吸烟。"

我们进去转了一圈。这一组老房子，一共五十四间，雕梁画栋，可以想见当年的富丽和豪华。但年久失修的破败之相，也令人不胜唏嘘。从老房子里面出来，老者还在那里摘黄豆角子。我走过去和他聊天，竟聊出和这房子有关的一段故事。

房主黄老汉 82 岁了，他的爸爸一辈，有四房。这房子，为四房所共有，四房的后代，原先一直分居在这些房子里。后来，有的年轻人在外面建了房，搬出去了。二十世纪八十年代末，村里干部找来，说有人要买他们的老宅，开价 50 万。他们四房集中一商量，有两房半同意，还有一房半没同意。后来，卖房子的事儿就被搁置下来。不知道这些被时光剥蚀的古屋，以后会有怎样的命运，但可以断定的是，如果这房子换了主人，一定会有全然不同的际遇了。

清俭堂附近，景点颇多。我们先看了旧石器时代遗址及哺乳类动物化石遗存。接着，又去看了唐代古井、三峰寺、大佛字。历史上的三山岛，寺庙众多，但至二十世纪六十年代末，已被拆毁一空。三峰寺复建于 2004 年，其规模和气势均不复当年。大佛字的故址，也曾是一座颇具规模的寺庙。

大佛字所在的位置，应该在岛的东南角。九点半了，我们因为要赶下午一点的渡船，已经到了应该返回老黄家的时候。来三山岛，还没有痛快地感受太湖的烟波浩渺，我心有不甘，便建议从东山村经过泊头，环岛绕至老黄家。这一绕，确有收获。三山岛的东面，是观赏太湖的最好去处。在这里，一望无际的波涛，极具节奏感的浪涛拍岸的声音，原生态的芦苇丛，在浪尖上戏水的鸥鸟，一切都让人陶醉。在岛的东北角，我还看到一幢叫作师俭堂的老宅，它和前面说到过的清俭堂、荆茂堂共同构成三山岛珍贵的古建筑遗存。

三山岛的北面，隔着烟波，可以隐隐约约地看到东山岛和西山岛。西面的环山路有的挨着湖边，有的则因为裁弯取直而离开湖边。西面居住的人家，不像其他三面，皆背山面湖，而是一律门朝南开着。位于西北侧的泊头，是小岛通向外面的另一个码头。湖边绕行一圈，约七千米，折成步数，也就一万多步。如果不走一下，还真不能领略三山岛的全貌。

吃过午饭，老黄又用他的三轮车将我们送至先奇码头。我们上船，老黄回家。我们的船开出码头，拐个弯，从岛的东面，向着长圻码头驶去。我想起了昨天晚饭后和老黄说的来三山岛租房子的事儿。我问老黄："可以来这里买房子吗？""不可以，现在乡下的房子，还不好卖给城里人。"我又问："那可以租到房子住吗？""这可以呀，不过房租很贵，你倒不如就住在我家，120 元一天，吃和住都解决了，长期我还可以优惠。”

只是开开玩笑而已。但来了不想走，走了还想来，这倒是真的。有诗为证：

岛上四人行，山川怡性情。
雕梁房已老，古井水犹清。
东麓涛声亮，西湖怪石生。
此间风景好，不舍踏归程。

2018.10.28

木渎老豆腐

农贸市场东门向南，乐园路上，坐西朝东，有一个大约四平方米、没有任何招牌和标记的小门面，一角卖豆腐花，一角出售木渎老豆腐。初次经过这里，经不住扑鼻的小锅豆腐特有的香味的诱惑，我买了五元钱的带走。印象中豆腐都是论块计价，但这里是三元五角一斤。到家后，我把豆腐朝灶台上一放，满屋子都有淡淡的清香。

那天中午，我用青菜烧汤时，往里面加了一些豆腐条。正宗土菜保留节目——青菜豆腐汤，一青二白，利落爽口之外，还有浓醇之香——那是大豆的精魂。不是所有的豆腐都有这香味的。农贸市场里的豆腐，我买过几次，便不再光顾。它们有的嚼在嘴里渣渣拉拉的，有的进锅里就成了糊糊，共同的特点：味同嚼蜡。而这次买回的老豆腐，下锅时，我一只手托住豆腐，另一只手用刀朝锅里切，但豆腐不大买账。我索性把豆腐放到砧板上，像切菜一样地切成我需要的长条状，用菜刀铲到锅里。下锅之前，它们确是老硕硕的，但在锅里翻滚几下，吃起来，却滑溜柔嫩，且一点不碎。

后来，木渎老豆腐便成为我餐桌上的保留曲目。不仅烧青菜汤，烧冬瓜或丝瓜汤、烧萝卜，我都喜欢在里面加入适量的豆腐条。前几天，我做了一道菜，有太湖干虾、慈菇、豆腐，烧到一定的火候，加入大蒜，那真叫色香味俱全，无论从口感还是营养看，都堪称佳肴。虽土得掉渣，却美得令人难忘。

小区的大门外面有一个超市，里面有蔬菜专柜，有鱼虾肉类，加之小区内还有“食行生鲜”设置的网络供货专柜，所以，平时买菜，我基本不去农贸市场。但因为那里的老豆腐，隔几天我总要去一次，一次买四五元钱的，到家后等豆腐冷透，放进冰箱冷藏，两三天，分三到四次吃完。那里的老豆腐，居然很紧俏，有时下午来晚了一点儿，卖豆腐的婆婆就会歉意地笑笑，说一句“对不起，明天再来”。

今天上午，我又去了农贸市场。离卖老豆腐的地方还有好一段路，我就闻到了熟悉的老豆腐的香味。原来，这里有一间屋子，就是生产、制作我买的老豆腐的作坊。一个个儿高高的、四十多岁的、略带男子气、貌似老板娘的女人，正在里面整理凌乱的用具，铁锅、水桶、包豆腐的纱布。因为心里早就有写写木渎老豆腐的念头，所以，我走进作坊，和老板娘拉起呱（聊天）来。老板娘不仅随和、热情，而且非常健谈。和她聊的时间不长，我便对她家的店和老豆腐有了大致的了解。

她并不是木渎本地人，老家在山东临沂。二十年前，和丈夫一起南下创业。因为从爷爷的爷爷开始，便以做豆腐为业，手艺名扬一方，所以到木渎后，夫妻俩就开起了豆腐店，自产自销。开始时丈夫主打，她做帮衬，前几年丈夫自己另辟新业，到一家颇有名气的企业做了总代理。之后，她自己成了主打，另雇了一个帮手，还把母亲从老家接来，看管门面，帮着卖豆腐。

她每天下午淘洗、浸泡豆子，第二天清早五点，便来到作坊，打浆，煮浆，点卤，上箱，压榨，成型。在七点前把做好的豆腐送到出售的门面。她说，做豆腐使用的凝固剂，通常是石膏和卤水。南方做豆腐多用石膏，北方做豆腐多用卤水。豆腐的嫩与老，就是通过加入石膏或卤水的多少来调节的。他们家使用的凝固剂，是近年来开始流行的葡萄糖内酯。她说，这种成分成本高些，每斤黄豆大约要多开支五角，所以一般豆腐店舍不得用。她说：“当然，豆腐的吃口，除了凝固剂的选择与用量把握，还有许多因素影响也很大，比如铁锅烧浆，各种用具的清洗保洁，都很重要。”

山东老豆腐，木渎作客来，誉享一方远，悄然成品牌。不独老豆腐，随着市场的流动和融合，许多带有地域特色的品牌名点，早已走出地域门户，四处开花，香飘天涯。这是改革开放后市场流动带来的一道靓丽风景。

2018.12.26

一山临湖观浩渺

初识一山，是在老家凯旋门酒店一次朋友召集的聚会上。席间，他的海量让我羡慕，但更让我欣赏的，是他喝酒时不苛求于人、“扶弱济困”、勇于担当的大将风度。他知道我常住苏州木渎，我也知道他是大丰知青小街“元华街主”，在苏州东山建有自己的别墅。

之后，我们便有了文字上的互相关注。他的一篇悼友文，写的是他和忘年交、苏州东山的韦鹤鸣老先生的认识经过，颇有深意。那日，一山只身来苏州东山游玩，午间在湖边一家饭店用餐，独饮缺伴，便于白酒之外，拿出一瓶黄酒，左手一杯白酒，右手一杯黄酒，黄白互敬，轮番交替。一旁桌子上吃饭的韦老先生觉得此人有趣，侧身和他说话，一聊，竟相见恨晚，从此成为相处多年的莫逆之交。今夏，老先生高年仙逝，一山在文章中表现出的深切悲痛和深情缅怀，读来令人不胜唏嘘。

前不久，我和朋友去附属于东山的三山岛农家乐小住，我写了一组小诗发在朋友圈，他为我点赞之后留言：“我下月初回东山家中，到时过来喝茶。”我回复：“好的，到时联系。”那次他回家前的一天，果然给我发来消息：“发个定位给我，我们明天一早从大丰出发，走木渎带你。”

第二天，约莫九点，我在小区门外上了他们的车。车上除了一山，还有我熟悉的画家周英及其夫人袁红，另有一男一女两位，我不熟悉。一山给我介绍：开车的先生是企业老总克非，坐副驾上的女士是大嫂。看我对大嫂面露疑惑，一山接着解释，他们一起玩的弟兄三个，克非是老三，他本人是老二，老大是王永进，即大嫂的先生。这次，他们在东山的邻居老葛的儿子结婚，请他们弟兄三个回来喝喜酒，老大因为在外地做工程，回不来，所以，由大嫂代为出阵了。

一山说，先去西山玩玩，下午再回东山。车子从木渎向光福，经渔洋山隧道，过太湖大桥，十点多到了西山旅游接待中心。接待中心的王总将我们领进一个很大的展厅，我们先在展厅一侧他的办公室品尝工夫茶，然后依次欣赏陈列着的名人字画及古玩珍品。最后，王总把我们领进另一间展厅，看他们的镇馆之宝：端砚。这砚宽两米多，长足有四米。我问王总："这砚台可否算上全国之最？"王总说："不是全国了，应该问是不是世界之最。"当然，如此庞然大物，其价值已经不在实用，而在于作为一件工艺品，供世人观赏。

午饭被安排在接待中心餐厅的一间豪华包间。山珍湖鲜，都是当地土特产，喝的是朋友送给王总的陕西名酒西凤。王总因为下午要开车带我们看景点，没有喝酒。克非将下午开车的任务交给了大嫂，我们四个老爷们儿酒力各有大小，但都能尽力分担王总落实给我们"至少两瓶"的任务。当然，和我第一次见到的一样，一山风度依旧，不搞平均主义。我和周英喝的少些，克非和他担纲，喝的最多的是他自己。

下午，王总做向导，先领我们看千年古寺罗汉寺，后看明月湾古村落。罗汉寺地处山坳峰峦叠翠的罗汉坞。是坞因寺名，或是寺因坞名，已不得而知。在寺外的停车场停好车子，我们沿着一条幽静的石板路前行，走过写有"古罗汉寺"字样的石牌坊，见两棵古樟树，躯干遒劲，枝繁叶茂。一株紫藤盘绕在一棵树的树干上。紫藤树龄三百，古樟岁逾千载，藤樟交柯，浑然一体，隔世奇缘，意蕴深长。进山门左拐，拾级而上，便是大殿，里面供奉的释迦牟尼佛及众多罗汉，都由花岗石雕刻而成。王总告诉我们，这里的石雕罗汉，在五十年前尽遭毁坏，现在看到的，是从临近的穹窿山寺院里请来的。

明月湾古村落我来过多次。既名“湾”，自然是看水的佳处。湖边远眺，太湖碧波万顷，吴越交汇处，旖旎风光尽收眼底。先民们择依山傍水处而居，便有了形成于春秋时期的古村落，到唐宋时期，形成状如棋盘的村落格局。纵横交错，数横数纵，至清乾隆年间，形成总长一千四百多米、用近五千块条石铺成的石板街。石上行人，石下排水，既有江南古镇小街特色，又比古镇小街多了宁静和清幽。从古码头、石板街两侧以祠堂为主的清代建筑，不难看出这个湖边古村曾经有过的繁华。“龙头画舸衔明月，鹊脚红旗蘸碧流。”白居易、皮日休、陆龟蒙等大诗人在此留下的不朽诗篇，足以反映这个偏居一隅的地方，在历史上、在文人墨客心中所具有的分量。

过了四点半，王总有接待任务先走一步，我们几个经石公山回东山。在石公山右侧的湖边，一山指给我们看近在眼前的三山岛，看靠近长圻嘴的一排隐约可见的房子。他告诉我们，长圻嘴附近的房子，就是他们的家。真是近在咫尺，如果乘船过去，估计也就二十来分钟的事儿。但我们沿着湖边向北，过金庭镇，上太湖大桥，再沿环湖大道向南，进入东山岛，又绕岛半圈，走了一个大大的 U 字，耗时一小时，才到了毗邻长圻码头的铜鼓山。

一山他们弟兄三个的家，就在铜鼓山南坡，离湖边只隔一条大路。路的坡下泊着许多渔船。虽无渔舟晚唱，但夕阳金辉，渔舟泊岸，别有一番静态之美。

他们的家是一幢五层别墅。打开大多时候锁着的大门，首先看到一楼的过道。过道有楼梯向下，通向地下一层——那是三家共用的厨房与餐厅。一山的家就在一楼，二楼是大嫂家，三楼是克非家。顶层阁楼也是一山家的，前面有一个很大的阳台，为三家共用。

在我四处溜达、上下参观的当儿，一山掌勺，大嫂和袁红帮厨，大约一小时，晚饭已经做好。菜有从老家带来的，有邻居老沈家送来的蟛蟹白鱼，鸡鸭时蔬，竟然弄出满满一桌。酒是用当地特产香枣浸泡的 52 度五粮醇。美酒佳肴，个个尽兴，自不在话下。

晚上休息，我和一山高居顶楼，各自一个房间。休息前，因为我的询问，一山向我讲述了有关这个房子的一些情况。他白酒敬黄酒，相识韦老先生后，便萌生了来此建房、与老先生相邻而居的念头。老先生全力支持，介绍他在三山岛及东山看了好几家准备出售的农宅。几经选择，最后确定买下铜鼓山南麓的这幢当时的两层小楼。一山说，一个人来没意思，得带两个朋友一起来玩儿。于是，他想到了和他关系比较铁的两个兄弟，和他们一合计，当即拍板立项，筹款启动。自然，两层不够三家住，便决定重建为三层。从做规划设计，跑各种手续，到施工完成，花了近三年时间。一山是学建筑的，做工程出身，设计和土建不是问题，但前期准备中的各种手续的报批，其间辛苦用他自己的话说，确实一言难尽。我说楼房是五层时，他说，那叫“穿靴戴帽”，打的“擦边球”。

我以世俗的眼光问他，楼房建好后，楼层分配是不是用的抓阄的办法。一山说：“哪要那么麻烦！就是三个人一起，由各人自己选择。”老大拿了二楼，老三拿了三楼，他们把最方便的留给了他。后来老大老三客气，说他奔走操持近三年，劳苦功高，把这阁楼给了他，此后阁楼成了他的书房。

第二天，一山带我们到杨湾古村吃特色早餐——鳝丝面，吃上过央视的苏州名点矮马桶羊羔，逛古木市场，看紫金庵。晚上，他们办喜事的邻居葛老板邀我们一起参加了场面盛大的婚礼。所到之处，我们受到的礼遇，都来自一山和本地人的融合与熟稔，他俨然是一个受到广泛尊敬的老东山。

第三天的早餐后，我到第一天晚上给一山送菜的邻居老沈家串门。我知道老沈在湖里有十几亩的养殖，便试探着提要求，想请他带我们几个去他的“水寨”看看。老沈欣然应允：“没问题，这就和你们去！”老沈说，一山他们三兄弟人好，他们的朋友，也就是他的朋友。于是，我们几个登上了老沈的小舟，驶进浩渺的太湖，走进了他的营盘，在里面绕了一圈，从网笼里取回一些太湖的大虾和鳜鱼。苏州无锡，我游览太湖多次，但踏浪之爽，唯老沈的渔家小舟为最。

在老葛家结束午间喜宴，婉拒了晚上继续喝喜酒的挽留，我们一行六人，启程离开铜鼓山，离开东山。车子在我家小区的路边停下，我下车，作别。一山对我说："带一份小鱼走。"小鱼是邻居老沈家准备喂鸭子的，尽是"牛踏扁"和"颇鼓"。从湖上踏浪回来，看到老沈家准备给鸭子吃的小鱼，一山说："这小鱼烧起来很好吃。"老沈说："好吃你们拿走吧。"一山当即和我们几个一起动手，"掐"了不少，拿回家洗净煮熟，分两个盆子装好。这不，一个盆子拿给我了。

大约在晚上七点，克非给我发微信，连图片带文字——我们已到大丰，又开始喝酒了。我回复：我也在喝，吃一山烧的小鱼，味道好极了。

2018.11.24

朗朗的回归之梦

朗朗三十大几，来苏州工作十年，在工业园区有了一套自己的住房，一百一十平方米。房子三室一厅，主卧室小夫妻俩住，还有两个稍微小一点儿的房间，住着他们的宝贝儿子小宝、从老家赶来帮着照顾小宝的朗朗的爸爸妈妈。客厅和餐厅连在一起，室内显得很宽敞。

我和朗朗的爸爸是多年的朋友。那日去朗朗家玩的时候，我发现房子的布局结构非常合理，一切安排得井井有条，唯一不足，是楼层偏低，被前面的高楼挡着，光照时间不够充足。我问朗朗爸爸："为什么买的时候不把楼层选的高一点儿？"朗朗爸爸说："朗朗一开始买的楼层高，是20楼，被我退掉了，后来再买，高楼层没有了，就买了现在这个楼层比较低的。"我追问缘由，朗朗爸爸给我讲了他退房的事儿。

那时朗朗爸爸还在老家上班。一天，朗朗打电话来："爸爸，我订了一套房子，凑了五万元交了定金，首付要三十万元，你帮我想办法再借二十五万，其余的由我按揭每月支付。"朗朗爸爸一听，火了："你要把我剁成肉卖掉吗？就是把我和你妈都剁了卖掉，也凑不到这么多钱。"朗朗让他们想办法借，朗朗爸爸说："上哪儿去借，借了不要还吗？赶快退掉，等有钱了再说。"朗朗爸爸告诉我，他那时刚刚把在老家装修房子欠下的债还清，手上一分积蓄都没有，实在不想再钻到债窝里。

当时苏州工业园区的房子每平方米单价只有七八千，房子积压很多，卖不掉。要开发商把定金毁约退回，犹如叫一个饥饿的人把他刚吃下去的食物吐出来，谈何容易！朗朗爸爸特地赶来，求东拜西，历经一番周折，总算把定金退了。

我问：“那后来怎么又想起买房了呢？”

朗朗爸爸说，朗朗租住的房子，离上班的公司比较远，很不方便，最主要的，后来随着房价上涨，买房子的人反而越来越多。朗朗再次和他提出买房子的要求。他想想也是，既然工作定在苏州了，住房问题总得想办法解决的，而且随着儿子年龄增大，解决房子问题的要求会日益迫切。不能“卖肉”，就拉下脸来卖面子吧，朗朗爸爸终于下决心帮助借钱。亲戚中他和老伴两头的兄弟姐妹，朋友里相互信任的同学同事，众人拾柴火焰高，尽力相助，慷慨解囊，凑齐了三十五万，加上朗朗自己的五万，四十万首付有了着落。同样的房子，首付增加了十万，总价增加了二十多万，原来不足八千元的单价，现已升至一万元。朗朗爸爸说：“好在下了决心买，如果还不买，到后面就真买不起了，这里的房价这几年一直攀升，现在已经涨到一个平方米近四万元了。”我对朗朗爸爸说“赚大发了”的时候，他说：“赚什么，就算房价再高，也只是自己住的。”想想也是，炒房图赚钱，买房为安身，如此而已。

朗朗爸爸告诉我，朗朗他们夫妻俩所在的外资企业，目前发展尚好，他们每月按时拿到工资没有问题，所以，能保证还按揭房贷；孩子上学，家庭开支，有他们二老贴补着，问题也不大，只是月光一族，没有节余。朗朗爸爸说：“可朗朗才不担心，他说等孩子大了需要钱的时候，他们也差不多快退休了，到时候，把这房子卖掉，分些钱给小宝做首付，买个好点的房子。”我问：“那他们住哪里？”朗朗爸爸说：“这小子没出息，说回老家去，住我们的房子养老。”我先是愕然，继而感叹：朗朗脑瓜子还真好使！

朗朗大学毕业后来苏州工作，其间，自求上进，又在苏州大学读了一个学位。夫妻俩年收入十多万，比起一般的打工族，他们的境况不错了。可是对于未来的规划，竟然是打回老家去，这与其说是一种选择，不如说是一种无奈。我不知道，在城市的屋檐下，还有多少人，迫于生活的压力，正做着无奈的回归之梦。

2018.1.16

相约吴中观胜境，同登古寺听梵音

苏州城西，新区。马涧路南侧，建于高景山东麓的白鹤寺，以非凡的气势，雄峙吴中大地，俯瞰近处的古镇古城，眺望远方的大江大海。它以险峻的地形之胜，独具特色的建筑结构，得“小布达拉宫”之盛名，和邻近的寒山、西园等古寺风格迥异，相映成趣。

庚子初伏的最后一天，我们一行九人，相约在这里小聚。九人中有几位书画家、诗人，都各怀长技，名冠一方。其中最负盛名的，是这次活动的召集者陈碧虹女士。她是著名评弹演员，曾多次随团出访日本等国家，是驰名海内外的评弹四大才女之一。

83 岁的周其昌先生，是这次活动中最年长者。退休前他在一家航空企业工作，退休后安家苏州，重拾年轻时的业余爱好——画画。曾两次举办个人画展。

王国兴先生是苏州双塔书画院的负责人，钻研书法三十余年，专攻《袁安碑》《曹全碑》《李思训碑》，是书画大师钟天铎先生的得意门生。王国兴先生的书法作品，多次参加省市展评，有作品被联合国教科文组织亚洲文化中心收藏。

刘军是一位在苏城颇有名气的律师。他求学于华东政法大学，有自己的律师事务所，有显著的工作业绩。同时，他也是书林高手。行楷草篆，信手拈来。

刘志平、杨纯玉两位都是画家，前者以画扇驰名，后者尤善工笔人物画。杨纯玉先生的夫人，从一家大型企业退休后，成了杨先生的得力助手，77 岁的年纪，看起来不过 60 岁略多，尽显儒雅与知性。

陈碧虹女士精心安排了这次活动。从时间的选择上看，我们来的日子正是观音菩萨的诞辰日，这就使拜谒佛教宝地具有了不同寻常的意义。从人员安排上看，她邀请的几位书画家，同时亦是热心公益、广结善缘的慈悲之人。吴应文女士是首都经贸大学的高才生，学的管理专业，却对文字情有独钟，创作了数百首诗歌，同时还是好几家声讯平台的特邀主播。

上午九点半，参加活动的人员全部到齐，先是一小时的分散活动，各自拜谒佛殿。拾级而上，我首先登上了悬有“白鹤寺”匾额的底层大殿。入得山门，与大殿相接的是供奉达摩祖师的传心洞。走过回廊，经妙法洞，再登台阶，便是天王殿了。从天王殿后门向前，继续攀登，最高层大雄宝殿赫然展现眼前。漫步大殿前，环顾北、东、南三面，尽收眼底的除了古寺的亭台楼阁，还有远方林立的高楼，近处的峰峦和嶙峋的山石、葱郁的树木。居闹市却澄澈宁静，处红尘而宛然出世，需要怎样的大智大慧，才能构思和营造出如此独具特色的佛教之地？

白鹤寺始建于唐代会昌年间，原址在阳山白鹤峰下。其实，根据《浒墅关志》中的记载，白鹤寺最初的地址是“丁氏施白马涧宅”，自然该在白马涧。后来，“龙兴寺僧智义，募得曹玄祚祠堂基，重建”，是寺址的第一次就近迁移。

进入二十一世纪之后，开发区佛教协会得到地方政府的大力支持，决定修复古寺，重现白鹤寺当年盛况。首先遇到的便是选址问题。历史文献里留有关于白鹤寺确凿的记述，但现实的白马涧、阳山一带，已难寻古寺遗址。而介于白马涧和阳山之间的高景山上，原来有座不知建于何年的城隍庙，在二十世纪六十年代被拆除后，有民间香客自发地在遗址处搭建了几间房子，常年有人来此供奉香火。这是原因之一。此外，城隍庙被拆除后，因为开山采石，山体裸露，这里景象破败，成了一个废弃的垃圾场。修建古寺，正好可以利用这个机会整治环境，这是原因之二。今天，当我们站在白鹤寺照壁前仰视层递而上的巍峨佛殿，或于佛殿之巅心旷神怡地极目远眺时，你不得不惊叹选址者的眼光与魄力，确实可圈可点。这是佛门盛事、文化盛典，亦是环境修复与再造的经典之作。

观光之后，我们来到了三层侧殿。在这里，书画家们将自己带来的作品捐赠给古寺住持能学法师。然后，在一张准备好文房四宝的宽大的台子上，书画家们展纸泼墨，即兴创作。周其昌老先生已经捐赠了一幅《活佛济公》，又用几十分钟的时间，画出一幅观音菩萨像和一幅《竹雀图》。王国兴先生带来了小楷《心经》，行草“观自在”，还有大篆和小篆作品各一帧，并现场写就“室雅兰香”及“枫桥流韵”横幅。刘军律师在赠予的书法作品之外，又唰唰几笔，写就“见性成佛”的匾额。陈碧虹女士绘制的精彩佛像，刘志平先生的三尺宣纸观音和荷花图，杨纯玉先生的《童子背观音》等作品，受到书画造诣颇深的能学法师的盛赞，它们将成为白鹤寺的典藏之作。

午间，能学法师为参加活动的书画家们安排了丰盛的素餐。

短暂的相聚，恒久的记忆。饭后，我们即将离开白鹤寺。有音乐飘过耳际，那是名僧妙心禅师所做的名曲《云门天子》，梵音缭绕，舒缓明净的旋律，恰似一股清泉，漫过心田。在寺前照壁与台阶间的大路上，能学法师和我们挥手告别。车子驶出古寺大门，那音乐还执着的在我的耳际萦绕，久久不散。

2020.7.25

千秋高义一担当——访苏州义风园

苏州山塘街 777 号。古朴凝重的义风园，像一个仙风道骨的老人，眉宇间藏不住岁月的沧桑，眸子里却闪着未曾尽逝的青春活力。四百年，它凝视清波流淌、水势开阔的山塘河，目送着日复一日地从面前流过的岁月，睹尽人间万象，悲喜不形于色。

大门两侧分别挂有“五人墓”及“复社纪念馆”的牌匾。进得门内，展现眼前的是尚义厅。厅门两侧廊柱上是隶书对联：烈烈英风为青山碧水添颜色，铮铮铁骨教白叟黄童颂口碑。厅内陈列的名人书画，俱为景仰凭吊之作。尚义厅左侧不远，越过一个高大、古朴的石坊，便是享堂。享堂大门廊柱镌有对联：名著五人辉史册，气豪一墓仰昆仑，横联：义风千古。当门所立石碑上，书“五人之墓”几个遒劲的朱红大字。碑后两侧对联：正气凌霄汉，凭侠骨丹心，还看市井多英杰；悲风撼斗牛，仗忠肝义胆，试问朝堂几丈夫？碑右侧石壁上，刻着张溥的《五人墓碑记》。

享堂后面是高约两米的长方形连体大墓，由条石围砌而成。墓的平缓的顶部，可见芳草萋萋，树木葱郁。墓壁的正面，对应埋骨之处，标有五位义士的英名。墓前塑有一尊五位义士意志昂扬的石雕。墓的一侧是守墓人葛贤之墓。在墓的东北角，有一方亭，亭内立有文字斑驳的白公堤石幢。方亭和五人墓之间，有一方四周为石块驳岸的小池塘，水清如镜，烛照古今。方亭外，是一排和前面的享堂及尚义厅风格相近的房子，中间门楣处挂有“复社纪念馆”的匾额。左右两侧回廊与围墙相连，把园子前后连为一体，小小天地隔尘嚣。

关于墓塚中五位义士的壮烈事迹及所涉及的相关历史,《五人墓碑记》做了翔实的记述。“五人者，盖当蓼洲周公之被逮，激于义而死焉者也。”首句寥寥数语，开宗明义。

蓼洲周公，即本地当朝吏部员外郎周顺昌。明朝中后期，宦官魏忠贤把持朝政，政治腐败。周顺昌看不惯魏忠贤飞扬跋扈，请长假回原籍苏州居闲。与周同为东林党人的魏大中在原籍浙江被魏忠贤构陷逮捕，路经苏州，周顺昌设宴款待，陪了三天，并以女儿许配魏大中之孙。魏忠贤从爪牙那里得到报告，便对周顺昌下手，指使其义子倪文焕弹劾周与罪犯结亲，诬陷他接受贿赂，窝藏赃物。周顺昌为家乡百姓做过许多好事，在民众中声望极高。所以，当魏忠贤派人来逮捕他时，数万人自发聚集，为之鸣冤，有两名东厂缇骑被当场打死。市民颜佩韦等人，是义民中的领头者。后来，义民被镇压，周被押解京城，朝廷对聚集市民进行清算，义士为缓和事态，保护群众，主动投案，被处死于阊门之外。崇祯临朝后，为被虐死狱中的周顺昌平反。地方贤达拆除魏忠贤亲信毛一鹭为其所建普惠生祠，葬义士尸骨于废祠旧址，立石表旌，彰扬大义。

守墓人葛贤，昆山人。1601 年，太监孙隆到苏州增税，私设关卡，勒索乡民，他带领乡民反抗，把孙隆吓得逃往杭州。后来朝廷下令捉拿生事之人，他只身担当，到府衙投案自首。入狱时，万人哭泣相送。十年后葛贤出狱，慕颜佩韦等人高义，自愿在山塘街筑庐守墓。年老身亡，亦因深得人心，而被葬于五人墓一侧。

义风园中葬义士，千古高义一担当。周顺昌不惧受牵连，对被阉党构陷而身限缧绁的魏大中给以热情款待、抚慰；周顺昌被抓捕，市民自发集力相救；朝廷追究，义士挺身揽责；葛贤与其他市民一起反抗强征暴敛及后来的投案自首、刑满释放后主动为义士守墓；复社成员继承东林党人遗风，张扬正义。这些，无一不体现出一种可贵的担当精神。铁肩担道义，躯体化春泥。若说自古义士出燕赵，则旖旎古吴亦从来不缺真男儿。

2020.8.6

草堰古镇寻胜

梓林先生招聚，除了我、正宏先生之外，还新添了他老家草堰的两位朋友，其中一位和我相邻而坐。席间，我们聊到永宁桥和街市河夹沟，我说虽写过永宁桥，但却没有好好看过桥下的夹沟和桥边的古街，邻座当即邀请："什么时候再来，到了草堰，找我；街上随便遇个人，问王大，都能告诉你我在哪里。"我们当即加了微信。王大马上发给我一张照片，说："防止到了以后不认识。"

才隔了一天，我真想去了，便给王大发了一条信息：明天去玩儿。他回复：欢迎来看看！知道梓林先生走不开，我便联系正宏先生，约好一同前往。第二天上午八点多，我们行至半途，王大来信息催问我们到了哪里，说他已在等了。我把信息给正宏先生看后，他点头一笑。临出发前，正宏先生说："人家或许说个客气话，我们真去？"我说："王大不像是个说说客气话的人；万一他有事忙了没时间接待我们，我们中午就到大龙我弟弟那里吃饭。"我们都见过这样的情况：热情相邀，当真准备赴约的时候，准东道主却日理万机，忙得只好打招呼又约下次了。

不用问路，按照王大发来的位置，我们直接把车开到了王大印花工艺品厂门前。电动门打开，王大迎了出来。

我们随王大来到办公室，这其实是一个约有一百平方米的多功能室。进得门来，右侧一溜三张当下常见的那种普通办公桌，最后一张是王大自己的，前面两张的主人应该是他的副手或助手。左侧离墙不远，是一张可坐十五六个人的长方形会议桌。我到过不少企业，不管规模和经营情况如何，老板都有自己相对豪华的办公室，老板桌，高背椅，这是最基本的“面子工程”，但王大似乎不看重这些。

我们一边喝茶，一边和王大聊他的企业发展。二十世纪八十年代，初中毕业、小集镇定销户口的他，被招进了这家集体性质的印刷厂。先做印刷工、业务员，后来因为工作表现好，业绩显著，竟从班长、车间主任，做到副厂长。1989 年，成为掌管帅印的一把手。

1993 年企业改制，公退民进，这个厂作为全县集体企业改制的试点单位，是全县第一家完成转制的。经过资产评估、竞标等一系列程序，最终王大以近三十万元买下了这个厂。当时手里有钱的人不多，加之也看不清企业发展的前景，所以无人参与竞标。经过领导做工作，王大便把原来的摊子全部收下。改制之后，原来的大丰县草堰印刷厂，成了盐城市王大印刷有限公司。在全县企业改制工作大会上，王大左边坐着县长，右边坐着县委书记。满大会堂的人，听他介绍做法与体会。一时风光，但后来的日子并不好过。聊到这，王大停了停，说：“不说这些了，我们出去看夹沟和古街。”

从厂里出来，拐了个弯，就到了永宁桥。过永宁桥，我们沿夹沟西街向南。夹沟正在清淤，两边都是新驳的石岸。估计不用多久，夹沟就会青春焕发。流水载画舫，廊道尽行人，这应是景点修复者的初衷，也是我们的期盼。隔着路道和河坎一段距离，河东农庄式的新民居前后相接，虽然少了临水人家的别致，却因为视野开阔而使夹沟增添了气势。河西面河而建的老房子，还有不少保持青砖黛瓦的原貌，这些房子和河坎与夹沟所形成的高低落差，使夹沟风光带具有较强的立体感。

临水而建的草堰名人墙，是夹沟一处重要景点。墙上绘有范仲淹、高谷、张士诚、周扶九等或从草堰走出，或和草堰有交集的人物生平概略。他们作为青史有名、造福一方的名人乡贤，在夹沟边上占有一席之地，既彰显了历史，又为当代人借古鉴今、承前启后、励志图强，提供了鲜活的范本。

袁家巷很值得一说。这里还保留不少原来的老房子，虽已破败，但尚可修复。从小巷纵横交错的格局，不难想象当年的人群密布与市井繁华。这些或依然有人居住、或已闲置空关的老房子，氤氲着历史的遗韵，漫步在老房子之间曲折狭窄的小道上，真有一种不知今夕是何年的感觉。

夹沟西南，有一处院落被列为文保单位，是当年粟裕在此坐镇过的新四军指挥所。夹沟最南端一座显得很张扬的高桥，已有近百年的历史，因为由德国人设计、修建，故被唤为洋桥。登桥南眺，流淌了一千多年的串场河，在这里因为有夹沟的汇入，显得恢宏开阔。

沿着太平巷北行有一条保存较好的古街，和夹沟平行。在太平巷中段一条与夹沟通连的小巷里，一个老人正在井边洗衣服。此井凿于宋代，原为玉真观道士专用，后为方便街坊邻居，辟为公用义井。历经千余年的汲取，从井中打出的水依然清亮如许，古井有义，甘泉有情，人间有幸。

午餐被安排在新204国道边的鸿翔大酒店，此酒店气派不凡，设施豪华。有当地特色菜，还有王大特地购来的特级龙虾。他说，这饭店“面子”可以，但“里子”一般，下次来，挑个“里子”好的地方。我们喝的白酒是梦6+，可惜我开车，客人中只能由正宏先生担纲主饮了。正宏先生、王大、请来陪我们的导游——我的本家学根先生，三个人搞掉一瓶。

说一下学根。上午一到这儿，王大就告诉我们，他虽然住夹沟边上，但要讲述夹沟及草堰的历史，讷于言辞，所以请了个文化比他高的人来。文化高的人来了，王大介绍，一瞧，彼此面熟，原来同在县城，我们曾经一起吃过饭。学根土生土长，熟谙当地人物掌故，他的现场介绍，加深了我们对古镇的了解。

我和正宏先生一直惦记着上午没聊完的话题，关注厂子后来的发展。说话空隙间，我向王大询问企业后来的情况。王大说，厂被买下后，印刷行业越来越不景气。

后来，他便进入人生中一段最灰暗的时期。一天晚上，他到厂外面的小商店买烟，在身上掏来掏去，竟然只掏出三枚一元硬币。当时最低档的香烟都是五元一包。他没买成香烟，转身走了。那一夜，他几乎没有睡着。

隔了几天，他乘汽车去了南京，找到了原来的一家合作单位，和他们洽谈，以最优惠的条件，为他们印制服装上的标签。这个项目工艺比较简单，只需购置一台一万元的印刷机。这钱，还是凑出来的。从 1996 年到 1997 年两年的时间，就是这台简单的标签印刷机，帮王大度过了最困难的时期，为后来的发展打下了基础。

1997 年，王大注意到了热升华转移印花技术的市场潜力。经过半年多的调查研究和准备，他几次奔赴山东，完成了和青岛一家外资企业的业务对接，为其生产。到 2004 年，他开始独立地把该技术运用于自己厂里的生产。他的企业越办越好。十多年来，他向财政缴纳税金一千多万。去年年底，他还荣获镇上颁发的纳税贡献奖。现在，摊子大了，企业业务分为几块，共有员工两百余人。用他自己的话说：日子好过了。

饭后，准备作别，我先去王大厂里开我自己的车。王大让司机把“路虎”开到了路边，叫我们上车。我提议再一起走走。王大便让司机把车开走，我们一起朝着厂里边走边聊。

这回聊的是他的坐骑。我问：“草堰老板中目前开的最好的车是什么车？”王大笑笑，说：“不谦虚了，目前就是我这辆。”我又问：“名车和普通车，开起来有什么不同？”他说：“就是宽敞点，其实都一样，摆甩啊。”其实，我知道，无论安全性和舒适度，名车，当是实至名归。我从他对办公室的不讲究，猜测他图的是实惠，“摆甩”是他调侃的说法。

别过王大，我把车从厂里开出，左拐，北行两百余米，就上了新 204 国道。从王大厂里出来刚走过的这一段路，值得特地赶来走一走——老 204 国道，这是近三百千米范公堤留存不多的一段。范公堤成了后来 204 国道的基础，而随着国道的几次拓宽、改道，范公堤已面目全非。难得草堰这一段，河坎土坡，老树古桥，基本保持了范公堤的原貌。

时光荏苒，岁月留痕。我们今天未及拜访的，尚有建于元代的义阡禅寺，张士诚首义之地北极殿，建于北宋年间的鸳鸯石闸，建于南宋年间的庆丰古桥。它们，这些历史留给古镇的瑰宝，有的因重修而再放光彩，有的历经沧桑而矍铄依然。

那么王大呢？他是古镇众生之一员，是古镇老树上抽出的一株新枝，他和他的企业，是连接古镇昨天和明天的一则精彩的今天的故事。这，难道不是一道独特的风景？

2020.5.17

斗龙河畔是吾乡

斗龙河由西南至东北，越大丰全境而入海，总长一百多千米。如果说，长江与黄河孕育了古老的中华文明，斗龙河则见证了黄海之滨的大丰从成陆到煮海为盐，到废灶兴垦，到现代城市与产业迅速发展的全部过程。大洋西岸有吾乡，古港斗龙母亲河。

龙乃神兽，斗龙必有故事。一千年前，范仲淹修堤挡海潮，其时，距离大丰的出现，还隔着约九百年。范公堤西良田万顷，居民繁衍生息已越千年，而堤东先是白浪滔天，后来海水后退，滩涂之上的一些高地，才渐有人群集聚。他们，是这块土地上最初的拓荒者。明初，被赶来此地的大量移民，和这些“土著”一起，艰难地迎着咸涩的海风，谋求自身的生存与发展。其艰难之最，莫过于海潮频袭。海潮的每一次肆虐，都根在“龙宫”，斗龙，便是与潮水作战。这种作战，在当时，无非是将墩子垒得高些，或者通过祭祀，祈求神灵庇佑。

明朝中后期，一些地方建起了龙王庙，但潮患并没有因此而消弭。低下的生产力，加之为政者对贱民生命的漠视，先民们面对肆虐的海浪，徒唤奈何，却心有不甘。他们通过幻想，来鼓舞自己战胜自然的信心。于是，便有了神牛斗龙的故事。传说白驹一户人家饲养的一头大白牛，某日忽然开口说话，告诉主人明天将有黑龙来犯，让主人准备两把尖刀，缚在它的两只角上，但等黑龙出现，便出击迎战。

翌日午后，本来万里无云的天空倏然浓云密布，风雨大作，黑龙果然来了。大白牛一跃而起，冲向裹挟潮头而来的黑龙，摆动双角，奋力搏击。这黑龙从来都是如入无人之境，未料遇到如此顽强的抵抗，先自乱了阵脚，从白驹一退十五千米，到西团后拐个大弯，继续仓皇北逃。西团北十千米处的东洋口，是当时的海口，黑龙被白牛追得失魂落魄，竟没有顾得在此遁入大海，而是先向西北，又折向东北，绕了个大圈，在今三龙镇境内，才回归大海。

其实，白牛对黑龙一路追杀，至东洋口时，已是筋疲力尽。加之身后传来追它而来的小白牛的呼唤，便见好而收，一任黑龙向着当时人烟绝迹处逃去。吊诡的是，以九曲回肠见证白牛和黑龙搏斗之激烈的西团向北这一段曲曲折折的河流，被先辈们称为牛湾河，却把黑龙兀自逃走所形成的更长的一大段河流，叫作斗龙港。我推测，河湾因牛龙之斗而成，却以牛湾冠名，这是为牛树碑立传；东洋口向下的斗龙港，最初的名称或许叫遁龙港。后来，随着历史的演变，牛湾河及中游的小洋河等几段贯通于一体的河流，都被统称为斗龙港或斗龙河了。

斗龙成河只是一个美丽的传说。这条河流最初的真实的形态，应该是我们许多人在临海滩涂经常见到过的那种比较大的潮水“丫子”，由潮水涨落自然形成后，在日复一日的潮来潮去中不断拓宽、加深；加之上游地区的泄洪冲涤，促进了河床的发育。至今某些河段犹有零落残缺的河堤，那是当时疏浚河道、垒土挡水的遗存。不管斗龙河的成因是什么，作为一个地区水系的主动脉，它对于河畔居民生存发挥了重要作用，功不可没。

斗龙河的上游，应该包括从白驹到西团的三十里河、从西团向北的牛湾河这一段。牛湾河之后到八灶河汇入处，可算是它的中游，往下为下游。在斗龙河一百多千米的行程中，一路吸纳的主要支流，有七灶河、八灶河、大团河及卞仓河。至于从草堰经白驹西南和小海东北流至西团后向北汇入斗龙河的五十里河，算是斗龙河的一条最长的支流。如果仅从水系形成的过程考察，则五十里河和三十里河如同火叉的两个长度不一的叉，一龙二首，共同成为斗龙河的两个犄角。斗龙河的源头与支流，都通过贯通各个古盐场的串场河，连接里下河水网。

我对斗龙河的最初印象是分散的、碎片的。第一次接触它的时候，是刚有记忆时，跟婶婶一起从西团坐轮船去县城。下午三四点钟光景在古镇西团西关口轮船码头上船，还没有走出牛湾河，天就黑了。上船后扒在舷窗上朝外看，到处都是茂密的芦苇，觉得河流只是芦苇有意留作行船的一溜水面。没有芦苇的地方，便有河堤，近岸长着许多水草与浮萍，轮船驶过，它们被涌起的波浪，推得忽沉忽浮。轮船以牛湾河为航道的时间并不长，二十世纪五十年代末，人们从西团南首朝西，开挖了一条长约两千米的河渠，连接起三十里河和五十里河。之后，轮船便撇开西关口，避开牛湾河，转由从三十里河进入五十里河，由西团向北，驶入斗龙河了。

再一次走近斗龙河，是我高中毕业后的一次历险。生产队安排去化肥厂装氨水，六吨的水泥船，拉纤。从化肥厂回来，在东洋口的一个小岛附近，因为这一段岸边苇滩太阔，没有纤路，只能靠竹篙撑船前行。我们的船遇上从后面驶来的轮船。轮船没有按常规减速，从我们船边快速驶过后，形成一个巨大的漩涡，满载氨水的船因此失去控制，船头骤然改向，船体大幅倾斜，氨水外溢，河水迅速灌进船舱。当时的判断：不是沉没就是倾翻。还好随着轮船渐渐远去，我们的船终于平稳下来。

我的视野由家边的斗龙河转向五十多千米外的斗龙河，是在这一次历险近二十年后。那次，我和几个同事一起到三龙镇办事，晚上住在镇政府招待所。晚饭之后，天犹未黑，我独自走到紧挨政府食堂的斗龙河边。这里，水面开阔，河面宽度在二百米以上，舒缓的水流从上游浩浩而来，向着入海口所在的斗龙闸方向汤汤而去。不远处横跨水面的三龙大桥，长虹卧波，气势非凡。远望河对岸，芦苇有如一道绿色的长堤，分外壮观。如果说，上游的斗龙河犹如一条历史的隧道，这里的斗龙河，则像是一条现代化的高速路。

靠近城区的梅花湾和荷兰花海，是大丰的两处品牌旅游景点。它们位于斗龙河的中游，都是利用斗龙河的天然神韵，借人力打造而成。斗龙河多湾，这有益于水土保持，有益于水资源的充分利用，但不利于排泄，易发生涝灾。所以，民国初年张謇兴垦，对大丰（主要是东部地区）的水系进行重新规划，南北贯通，东西相连。古老的斗龙河，蜿蜒相串，把它们联成一体。而今，斗龙河的运输功能虽然大大弱化，但其旅游观光功能、水产养殖功能，却得到充分开掘。作为历史赐予大丰的一笔丰厚遗产，斗龙河正以一种全新的方式，为这块土地增韵添彩。

我们这一代人，目睹了包括斗龙闸在内的大丰境内几座入海涵闸的多次东迁。未来，斗龙闸还会向大海迁移，斗龙河还会不断加长。从东洋口到现在的斗龙闸，不过几百年。再过几百年，该是怎样的景象？让我们为斗龙河祝福吧，愿它古老的虬枝上，不断绽放新的花蕾，愿它的子民们，有比它更加绵长的福泽和更为美好的未来。

2020.5

姑苏城外觅“寒山”

知道苏州有寒山，却源自误会。年轻时读张继那首《枫桥夜泊》的唐诗，以为寒山亦如金山有寺，在“姑苏城外”，后来知道，“寒山寺”有寺无山，寺名得之于与拾得互有唱和的和合二僧中的名僧寒山。所谓“姑苏城外”，实际就在苏州古城西侧的古运河边。

2018 年夏天，参加苏州悦读人生读书会举办的一个活动，我按照通知上的指引，到达寒山岭法螺寺。听主办老师介绍寒山岭和赵宧光，才知道，在苏州古城西郊，在距离枫桥寒山寺五六千米的天平山北麓、支硎山余脉处，这座叫作寒山岭的，即为寒山。原来，僧名之外，确有寒山。

南朝四百八十寺，姑苏城外寺多少？至今香火不绝的灵岩寺、中峰寺，其建寺时间，都远早于张继生活的年代。那么，夜泊枫桥，夜半钟声，是来自泊船处的寒山寺，还是来自亦在城外、垂直距离不过五千米的这寒山一带的古寺呢？

疑问暂且搁置，且听活动主办老师介绍赵宧光。赵高士为赵宋王室后裔。宋王室南渡，留下一脉在吴郡太仓。经不住时间的磨洗，至赵宧光四世祖赵璧之前，族人皆沦落到以种田为生了。赵璧是一个转折点。他治农致富，因纳粮有功，被朝廷授予承事郎之官职，家族复兴由此开启。璜泾旧名赵市，便是赵氏地位与名望的佐证。家族“皆世力田”的历史结束，赵氏后人即以读书为业了。

明万历二十八年（公元 1600），赵宧光在苏州城西买山葬父，营造寒山别墅。他叠石建园，疏泉凿山，建成的千尺雪、云中庐、弹冠室、惊鸿渡、绿云楼、飞鱼峡、驰烟驿、澄怀堂等各具特色的景致，皆为令人神往的绝佳之境。后来乾隆皇帝六下江南，每次必来，以致寒山别墅之外，又添皇宫岭之名。

赵宧光为父守孝，居寒山及至终生。他在此读书稽古，研习篆书，与其妻陆卿子守庐而居，足不出山，虽多有慕名而造访者，但他拒不相见。在此，他写出了《寒山帚谈》《寒山蔓草》《寒山记》等传世之作。夫唱妇随，他的夫人陆卿子也写出了《云卧阁稿》《考槃集》《玄芝集》等书。其子赵灵均好金石收藏，有《金石林时地考》传世。其儿媳为文俶，《国朝画征录》有云："吴中闺秀工丹青者，三百年来，推文俶为独绝。"赵氏一门，集隐寒山，吟诗著文，作书绘画，寒山因之添秀增色。

我关注赵宧光的故事，一个重要原因是想从中找到赵宧光的寒山和张继的寒山之间的联系。活动之后，我从网上搜出赵宧光的《寒山记》，希望由此追溯到他所记寒山的历史，然展读一过，大失所望。赵宧光在文中清楚地写道："山本无名，郡志涅槃岭在其左，又见寒山诗，有'时陟涅槃山'句，而寒泉则支郎品题，名亦清远，因命之曰寒山焉。"给夜泊枫桥的张继，传去夜半钟声的寒山之名的出现，竟比张继晚了约八百年。在赵宧光买山葬父之前，此山竟是一座无名荒山。

我心犹不甘，继续从别处搜罗，想寻得此赵氏寒山即张继寒山的佐证。杜牧有"远上寒山石径斜"，谢灵运有"南州实炎德，桂树凌寒山"，韩翃有"柴门流水依然在，一路寒山万木中"，他们诗中的寒山，俱非专名，或指酷寒之寒，或谓荒寒之寒。那么，如果张继知道在离他不远的姑苏城外，有群山连绵，有古寺依山，他像其他诗人一样援"寒山""古寺"入诗，是不是很有可能呢？

再次请教那天在法螺寺给我们讲寒山岭与赵宧光的阿丁老师，她告诉我，寒山寺始建于南朝梁天鉴年间，初名妙利普明塔院。唐代诗人张继写《枫桥夜泊》的时候，塔院是否已经易名为寒山寺，还是一个悬案。因为唐玄宗时著名禅师希迁（公元 700—790）在此创建伽蓝，方以其祖师寒山之名题额为“寒山寺”。张继生卒年不详，但其中进士的时间，和希迁在世的时间，有重合，因而夜泊枫桥的时间，有可能在塔院更名寒山寺之后。但既是有可能，便也包含不可能。如果他来的时间早于寒山寺更名，或因更名时间的滞后，他压根儿就不知道已经更名，那他诗中所指寒山，便是指山而非指人了。

我轻吟张继的诗句，忽心有所悟。“夜半钟声到客船”中用“到”字，应有一个时间的过程。夜泊枫桥，船在桥下，桥与寺邻，人歇船上，人与寺近在咫尺，钟声骤响，蓦然而至，那应该是心有所惊，“惊客船”或更合情理。或许有另一种情况，相隔五六千米，夜深人静时，诗人正乡思萦怀，不能成眠，闻钟声悠然飘来，恰似期然而至，用一“到”字，便显得贴切而自然。

昔人已共云烟去，隔世谁知古贤心。历史有迷雾，灵犀可相通。对张继诗中所写的寒山，后人虽只可推测，但这无妨他的诗所营造的意境，历千年而不衰，烁古今而生辉。对我，无论诗人所指为何，我都有了寒山踏访的记忆，寒山于我，是一次真实的亲历，有故人重逢的亲切。

2020.10.18

第二辑　芳草萋萋

小径芳草绿

一片不大的竹林，一条不长、略带弯曲的小河。在竹林和小河之间，有一块馒头状的绿色草坪。做小区规划的人，让草坪从竹林边一直延展到河边，却把青砖铺成的小道，曲曲折折地安排在竹林中间。有了曲径通幽的效果，却让走路的人绕来绕去，给交通带来不便。如果把小路安排在小河边，便接通两边的横路，对于不需要去小竹林的人，可少走五十米左右的路程。于是，虽然草坪两端插着写有“我是生命，请别踏我”的温馨提示牌，但是某些人仍然将道路裁弯取直，跨越一尺高的栅栏，走过小河边的草地，然后再在另一端跨过同样矮矮的栅栏。于是，草坪上，便有了一条被踩踏出的小路，很煞风景。

我曾在之前写小区环境的文章里写过，每当凑巧遇到跨栅栏而过的抄近路者，我都要给以劝说或制止。有向我报以白眼后继续前行的，有羞赧一笑说以后不走的，也有立即回头从大路上走的。每次我说的时候，有同行的朋友总要泼一瓢冷水：“这事儿你管得太宽，小区里五六千人，你管得了吗？”还有人则不无嘲讽：“以后你搬张凳子住到这路边，要不你不在这里，人家还会走的。”我对他们的话不以为意，继续我行我素，只要遇到这类情况，有用没用，都要开口发声。不仅是抄近路者，随地吐痰、随手扔烟蒂或其他垃圾的，只要被我发现，我都会对他们说“不能这样”。我觉得，我作为小区里的一员，这样做，既有责任也有这个权利。小区有物业管理，物业的管理固然非常重要，但离开了业主对环境的自觉呵护，哪怕硬件设施再好，小区环境也不会令人满意。

一段时间不来小竹林，这天早晨散步经过，我惊奇地发现，那条靠近小河的被踏出的小路上，那些被踏倒而枯萎的小草，竟然回黄转绿重现生机。绿草连成片，小径芳草绿，不细看，都看不出小路的痕迹了。我心中一阵欣喜。这表明，基本上没有人从草坪上抄近道了。自豪感竟油然而生，觉得这有我的一份功劳。进而细想，偶尔的劝说，其效用一定非常有限；我更愿意相信，小区里像我这种以主人自居、爱管闲事、能够为业主的共同利益而开口说话的人，决不会只有我一个。那些接受我劝说的人，他们每个人，都可以直接影响到自己的家人，影响到与他们经常同行的人。甚至，我都可以推测，他们摒弃了抄近道之后，遇到别的抄近道的人，也会如我当初对他们一样，对别人进行劝阻。如此，灭掉一条不该出现的小路，何诧异之有？

我知道，任何个体的力量，都是极其有限的。我也知道，任何群体的力量，都是由无数个个体构成的。因为个人力量的有限，人们便常常“谦卑”地将自己忽略，把和自己休戚相关的许多事情，当成事不关己。毫无疑问，这种忽略是不应该的。在你我所在的某个小区或社区，在任何一处我们置身其中的特定环境，如果我们都能以一种积极的态度，彰显自己的存在，这个环境才会有鸟语花香，才会有芳草萋萋。

2018.8.6

美食最忆炒三鲜

那次在苏州观前街附近的一家饭店吃饭，朋友点了一道炒三鲜。菜上来了，是由莴笋、木耳、青椒、肉片爆炒而成。咸淡适中，口感尚好，但我动了两下筷子，便转而光顾其他菜了。这实在不是我所喜欢吃的炒三鲜。

我喜欢吃的炒三鲜，有刀工讲究的肉丝，瘦肉与肥肉的比例为瘦七肥三，有少量的卤香茶干，有一些莴笋。最主要的是必须有和肉丝数量相当的四角蛤（俗称“欢子”），除了这些配料之外，适量的植物油，不需要淀粉，不需要鸡精（味精），炒好后装进盘子，端上餐桌，吃一口便欲罢不能，海味之鲜和猪肉之香融为一体，让人回味无穷。

只是这是一道时令菜。因为四角蛤只在春季菜花飘香的时候，才肉质饱满，味道醇厚。这个季节之外吃到它，多为干子或冷藏的，那滋味已经被大大地打了折扣。所以，用四角蛤和肉丝、莴笋一起制成的炒三鲜，不仅是天赐给有泥滩的沿海地区人特有的口福，也是春天里最适合享用的一道特殊佳肴。

我印象最深的一次吃炒三鲜，是父母亲刚从四十千米之外的内地，迁到海边一片新垦之地不久的一个春天。这天，来这里看望父母的我，心血来潮，早早地吃好早饭，戴上一顶大草帽，带上专用的小三齿耙、一条三五米长的绳子、一只蛇皮袋，骑上自行车，和几个邻居一起去海滩捡四角蛤。

骑行约半个小时，到了八九千米外的海堤上。把自行车放好，便从海堤走向海滩。潮水退去之后的海滩，被踩踏出一片泥泞。朝前走了一二千米，便可以见到一半在泥沙里，一半露在外面的四角蛤了。它们分布得并不均匀，有的地方多，有的地方稀稀落落。用手直接捡，或用三齿耙把它们耧到一起，再捧到蛇皮袋里。偶尔能见到一些蛤蜊，它们没有四角蛤张扬，把自己藏匿在泥沙里，只留下一个小小的孔。邻居在孔边用耙子轻轻一钩，一只蛤蜊便被扒拉出来。我难得发现小孔，发现了钩过几次，都扑了空，所以直接放弃，只挑四角蛤捡。

滩上的人很多，他们赤脚卷袖，皮肤都被晒得乌黑。由于我对这种活儿有些生疏，许多人的蛇皮袋快要装满的时候，我才挖了半袋。刚刚手熟了点儿，却见比我们走得更远的人已经回头朝海堤上走了，我们也赶紧回头。这时，有潮鸟（海鸥）从我们头顶飞过。同来的邻居告诉我，潮鸟飞来，用不了多久就要涨潮。我和其他人一样，用绳子系住装着“猎物”的蛇皮袋，像拉纤一样拉着朝海堤走。泥泞犹如润滑剂，加之我的蛇皮袋不沉，所以，拉起来并不吃力。到了离海堤不远的地方，泥沙渐干，拉不动了，我便背起袋子继续走。这个过程，一点儿怠慢不得。我们走上海堤没几分钟，潮水紧跟着来了，海堤外涌起一片泛着泡沫的混浊的海浪。

回到家，已是午后三点多钟。母亲表扬我，说一次都没上过滩的，还能有这么多收获。她忙着到河边把四角蛤冲洗干净，便开始烧水。水开了，母亲把它们倒进锅里，又煮了会儿，捞出时其壳和肉大多已经分离，没分的，用手抖一下，肉就掉了出来。母亲说，四角蛤的肉，就是一个沙袋子，一定要在旋转的水里反复冲洗，才能把泥沙洗净，而汤，则必须等淀去泥沙，才能食用。

这天没吃午饭，晚饭吃得很早。母亲还做了其他哪些菜，我已经没有印象，但母亲用我捡回的四角蛤做的炒三鲜，却从此刻入记忆。曾经沧海难为水，一味入心百味淡。今生，我再也吃不到如母亲做的那样入心入味的炒三鲜了。

2018.10.14

家有土坯房

老屋早已荡然无存，那是名副其实的土坯房。

两间，不知是爷爷继承于祖上，还是他自己兴建的，在分家时给了我的父亲。茅檐低小，是诗人的佳句，而我对它的印象便是人从檐下走，手都可以搭在屋檐上面。我和弟弟在这屋里出生并渐渐长大后，要在屋里再增加一张床，都没有地方。实在需要扩容了，父亲想了好多办法，终于下定决心，把爷爷给他的这两间房子拆掉，重新建造。

先垒墩子。那时建房子没有人代为统一规划，各自为政，所以便有了村子里房屋的高低不一和参差错落。拆屋建屋，把原来的屋基垒上一些新土，稍作平整后，父亲借来一头象征吉祥的白犍牛，拉着石磙，把新垒的土压实，便有了一块比原来略高、长和宽也比原来有所拓展的新墩子。

地理先生三余爷爷用罗盘对对方向，在墩子四角钉下几根木桩，择好吉日，父亲便按照拟定的计划开始建新屋。先是站柱、上梁。木匠用祖屋及新买的一户人家旧屋上的木料，做成新的屋梁及檩条，先把三架屋梁竖立起来，然后，把除了顶端中间一根之外的檩条在屋梁之间搁好——这叫站柱。顶端中间的一根檩条，待第二天清晨搁上——这个特意安排的仪式性的程序，叫上梁。

第二天天还没亮，木匠便站到了屋梁上。父亲用红纸包两块钱递给木匠，木匠接过去，说了几句吉利话，把已经搁在屋梁肩部的那根檩条移至屋梁顶部，在檩条和屋梁结合的榫头之间，夹进几根红绿两色的布条，用斧头将榫头敲紧。父亲便开始点燃香烛，燃放鞭炮，还要朝墩子上撒一些硬币、馒头和糕点。

早饭后，开始垒墙。这天，四邻八舍的好多乡亲都来“打情工”。他们先用从祖屋上拆下的一些碎砖，砌出不足一尺高的砖墙根脚，接着用从荒滩里挑回的垡头朝上垒。挨着砖墙根的垡头和砖墙根脚的宽度相当，尺半（约四五十厘米）有余，到墙的顶端，至少还有七八寸（约二十厘米）。墙垒好后，木匠也已在檩条之间钉好椽子。接着便在椽子上盖芦柴做成的帘子或笆，盖好后便开始搪望。搪望就是在帘子或笆上铺一层薄薄的稻草，在稻草上面均匀地抹一层厚厚的泥巴。至此，主要工程基本结束。

一两天后，等到屋面的泥巴基本风干，茅匠（盖屋的）便开始用茅草盖屋。盖屋的时候，先盖两边檐口，再盖两端山头，然后由下而上，两面交替进行。两面都盖好了，最后一道工序叫完脊。茅匠在屋上盖的时候，有人在下面做小工，不断地朝屋上扔浸泡过水的草把，并向茅匠供给泥巴。盖草的过程，也是不断地使用泥巴的过程。泥巴和草的巧妙结合，有如燕子垒窝，只是草是草，泥是泥，泥固定了草，草遮盖了泥，要想从盖好的屋面拔出一把草，还真得费好大的力气。所以，虽然常常刮大风，但盖在屋上的草，大多安然无恙。

屋内的地面，就是被夯实的泥土。这种泥土久踏如铁，不仅没有泛起的浮尘，即便用铁锹，也很难掘开。当冬季来临，为了防止吹进尖利的风，大多数人家索性把本来不大的窗户，用泥土抹得严严实实。上面是泥土和草，下面是泥土，四周亦是厚实的泥土，居住在这样的屋子里，是否就如同活在一方土穴之中？进出土穴的门，那是连着外面世界的一个风孔，一个通道。

父亲在墙上刷了一层石灰水，增加了屋里的亮度。在房间里用芦席搭出天花板一样的顶棚（俗称箔棚），挡住可能从屋面掉下来的污物。在靠着床的墙上糊纸，贴上芦席，避免了墙上的泥灰玷污被单或衣服。门洞外面，夏天挂芦柴帘子，既通风又挡蚊虫。冬天挂上编得厚厚的草帘子，有阳光的时候，根据风向，把帘子撑到门洞外的某一面，把风挡着，让阳光晒进屋子；阴天或阳光晒不到的时候，悬挂的帘子只留顶端一尺高的空隙采光。住在这样的房子里面，确有冬暖夏凉的感觉。不好的是，沿海地区湿度大，冬季干燥也罢了，夏季如果墩子所在地势低洼，地面常常是潮湿的。

这两间丁头府的屋子，在二十世纪六十年代初砌好后，我们一家住了大约十五年。有一年夏天的晚上，电闪雷鸣，风大雨大。一家人正围着桌子吃饭，突然从屋后传来“轰”的一声巨响。父亲说：“不好了，墙倒掉了。”走进里间，果然北山墙倒得只剩底下矮矮的砖墙根脚了。父亲当即把我和弟弟送到了爷爷住的屋子。他和母亲找来两根长的木头做支撑，给屋子加固。父亲说，幸亏后来风停了，不然屋子没准会被掀掉。泥墙怕水，万一遭遇连续阴雨，倒墙便很常见。所以，土坯房大多有梁有柱。

重新垒好墙之后，又过了几年，冬天，搞小型水利，要平田整地，包括我家在内的几户人家的房子，需要拆迁。按政策能拿到几百元的补贴，但几百元对于拆掉再砌房子的费用来说，实在是杯水车薪。后来队里干部一合计，决定帮助抬屋，把这几家的房子都抬到统一规划的农庄点上。一开始这几家都不肯离开住惯了的地方，后来经不住队里一而再再而三地做工作，只好听从安排，于是，抬屋开始实施。

先把四面的土墙全部推倒，让屋面由梁和柱子撑着。木匠对梁和柱进行加固，用一些木料做斜插，把整个房子的骨架，连成一个整体。从本村及邻村调来足够数量的壮劳力，给他们每人的肩膀上一个用力的支点。木匠坐在房梁上，统一指挥。一、二、三，指令发出，大家统一起肩，房架子便被抬起来了。然后，朝着准备好的新墩子，缓慢地移动。当然，经过之处，所有的沟壑必须填平，以便抬屋者走过。一天的时间，几幢房子都被抬到了预定的位置。

老屋被抬到新地方后，泥墙换成了砖墙。那时荒滩日渐萎缩，想垒泥墙也很难挖到垡头了。二十世纪八十年代中期，父母迁居最靠近大海的地方，老屋便卖给了一个邻居。好几年之后，我回老家看望一个长辈，想去看看老屋，长辈对我说，那地方前几年就被开发区征用了，现在老屋所在的地方，是一排新建的厂房。

现在乡下人的住房基本上和城里一样，用砖石及钢筋水泥构建，都是无梁无柱。少数人家在用水泥砂浆砌好的墙上，搁上木料或混凝土制作的檩条，其结构之牢固，也绝非当年的泥墙土屋可以比拟。通过电力消耗所营造的不错的居住舒适度，使这种房屋具有了明显的现代性。已经难觅踪影的泥墙土屋——土坯房，还偶尔闯入我的梦乡，唤醒残存的记忆，既亲切又陌生，给我以难以言说的况味。

诗曰：高楼拔地与时进，老屋萦怀旧梦温。愿见年年芳草绿，天蓝野旷慰乡魂。

2015.11.24

四奶奶和她的宝贝外孙女

平芳是我的表妹，属虎，和我妹妹同年。五十余年间，一别再未相见，不知何故，今夜我竟然梦到了她，梦到四奶奶搀着她，在村子里走。四奶奶是我父亲的四婶，她的二女儿桂兰，我喊作二姑姑的，嫁在十多千米外的“海里”。平芳是二姑姑的第二个孩子，她上面有一个哥哥。二姑父患了肺结核，一直病怏怏的，不能做体力活。为了替二姑姑分担一些劳累，四奶奶在平芳一周岁时，就叫二姑姑给她断了奶，把她接到了朱家团自己家里。

这四奶奶的日子也并不轻松。一家六七口人，浆洗缝补，油米酱醋，还要下地干活儿，但平芳还是被接来了。下地的时候，四奶奶把她带到靠近地头的人家，干会儿活儿，走过来看看；做家务的时候，四奶奶有时一手抱着，有时给条凳子，让她扶着凳子自己玩儿。反正四奶奶走到哪里，平芳就被带到哪里。晚上，平芳自然也是跟四奶奶睡。四爷爷对宝贝外孙女也宠爱有加，四奶奶实在忙了顾不上的时候，平芳便由他带着。还有当时未出嫁的小姑姑，也经常把平芳带东带西的。在拮据的生活中，四奶奶一家以无微不至的关心，尽力让远离父母的她，感受亲情的温暖，感受人生初始时的阳光灿烂。

平芳吃饭是四奶奶最为头疼的问题。那时节家家粮食不够吃，山芋、萝卜常常成为主食。可这些，平芳坚决地予以拒绝。四奶奶就想办法给她开小灶，用一些米，磨成米粉，每顿用勺子舀上几勺，加点用鸡蛋从小店换回的红糖，开水一冲，放锅里蒸上一会儿，拿出来，糯糯的，甜甜的，让平芳把小肚子吃饱。那时在出工的时候，人们经不住肚子饿，常几个人凑上几个硬币（通常为一角），到街上买饼吃。四奶奶家的人，但凡遇上这样的活动，都是饼照买，自己舍不得吃，而是带回家给平芳。村里人有一个习惯，谁家有好吃的，都要用碗装一些送给邻居家尝尝，自然，这是平芳得以改善伙食的极好机会。

平芳渐渐长大，四五岁时，能和村里孩子一起玩了。有一次，四奶奶在家里做了会儿事，门外孩子们嬉闹的声音突然听不到了，出来一看，不见了玩的孩子和平芳。四奶奶慌了，大声呼喊，却不见回音。她找到了村后池塘边，发现平芳和另一个孩子正在水码头上洗萝卜——她俩不知从谁家地里拔了几个麻萝卜，来水边洗了吃——这里几年前曾有孩子淹死过。四奶奶吓破了胆，以后，平芳即便和小孩子一起玩儿，她也寸步不离，在一边守着。

平芳六岁的这年深秋，被带回“海里”自己家里。原因是四奶奶得了病，不能吃饭，吃了就吐，去县里医院做检查，诊断为食道癌。“海里”的二姑姑来带平芳回去的时候，四奶奶的病情尚未沉笃。二姑姑抱她上车，她大声地哭，在自行车的车架上用尽力气挣扎着要下来。四奶奶在一旁抹抹眼泪，说：“等婆奶奶好一点，再去带你。”二姑姑骑上自行车走了，平芳的哭声也渐渐远去，四奶奶回到屋里，也放声大哭。枯草季节得的病，第二年百草发青的时候，四奶奶走了。那时，我以为四奶奶很老了，其实，才五十五岁。

掐指一算，平芳今年都已五十八了。五十多年的时光里，我只在四奶奶刚去世之后的几年里见过平芳，还是春节期间二姑姑带着她回来拜年。之后，她或许还来过，但阴差阳错，我再也没有遇到过她。日前在小姑姑家，听说她早年远嫁苏南，不仅是朱家团，二十余年前二姑姑和二姑夫相继过世后，连“海里”自己的哥哥家，也难得回来。

平芳妹妹在外婆家时，年龄尚小，那段人生的初始时光，未必能形成清晰的记忆，即便能够记忆，且有对那段时光、对关爱自己的亲人有发自内心的怀念，也只是一种只属于她自己的心境。我能想到的实实在在的事情，是现在的她，一定也像当年四奶奶带她一样，正带着自己的孙辈，劳累身体，得享天伦之乐。人类的传承极有意思，从祖辈那里得到的，却通过对孙辈的付出，予以偿还。从这里，我看到了亲情带着凄凉的美丽。

2019.3.2

和父母一起过年

六十余年的人生光阴里，和父母一起过年，虽然有着不同的背景，但无论日子窘迫还是宽裕，挥之不去的，总是温馨的记忆。

孩提时，和父母一起过年，是一种期盼，更是依赖。农家孩子，上学读书似乎只是人生的一道附加题。为了生存，谋求温饱，从做小学生起，就要协助父母做力所能及的家务。家务者，涵盖极广，家里的洗锅抹碗、洒扫庭院，野外的放牛赶羊、挖菜拾柴，地里的零碎活儿，下手帮衬，庞杂而琐碎。但所有这些，在过年的时候，一概免除。除夕这天，会被安排帮助做一些过年的准备工作，比如到小店买个用物，从草堆抱些草到灶膛前。从大年初一到大年初五的这五天，那可是油瓶倒了都不用我们扶的。早上吃过汤圆，就出去玩儿，凿铜板、打扑克牌、追着看花船和舞龙灯、踩高跷。玩的兴致正高，父亲或母亲找来，不为别的，是催回家吃饭，让吃好了再出来玩儿。那时，真不知道还有什么比这五天更幸福的时光。

但对于父母，这过年，除了不用到地里干活儿，却是一样的忙碌。我们家兄弟姊妹四个，外婆，父母，一家七口，爷爷奶奶住在另外的屋子里，但过年的时候，都是和我们一起吃饭的。所以，父母要忙做饭，还要接待来拜年的亲戚。“人口”之外，还有牲口。我家有一头养了好多年的母猪。有一年，过年的时候，正好母猪下崽，这一添就是十几张嘴。煮猪食，也是一件很烦的事儿。父母辛苦，但这并不影响我的快乐。不管多么忙，他们都自己扛着，不占用属于我们的快乐时光。

过年有比平时好的伙食，有新衣服穿，有几角或一两元不等的压岁钱，这些也使我开心，但最开心的，还是这五天假期里神仙一样的优哉游哉。这是父母为我们撑起的一片最自由的天空，为我们营造的一段最温馨的时光。我二十岁以前所有的年，大体上都是这样度过的。

工作之后，和父母一起过年，是一种陪伴。在我工作不久，父母带着弟弟妹妹，一起迁居新围垦的王港海边。我有了自己的家庭和孩子，但每年过年，我们一家三口，都要和父母一起过年。此时父母虽然年事渐高，但烧菜做饭的任务依然非他们莫属。父亲有时会容不下闲人，安排我们做些事，母亲便给挡回去："你自己弄弄好了，他们摸不着头绪，手都不知朝哪里送的。"所以，这个时候回家和父母一起过年，带给他们的也就是忙碌。当然，也能感受到他们的开心。我会带回一条香烟，或者几瓶酒，或者别的一些吃的，但过完年从家里走的时候，年糕、馒头、饼，我喜欢吃的卜页和杂粮，各种蔬菜，大包小包，总让我满载而归。

那时，写对联、贴对联是每年过年绝不可缺少的一个程序，也是父亲展露他才华的机会。父亲的字并不怎么样，比我好，比二弟差，但他能迅速将一张红纸裁开，折上几下，展开，将毛笔在倒满墨汁的盘子里蘸蘸，悬起手腕，在上面唰唰几下，一副对联便已写好。不仅为自己家里写，还写了送给左邻右舍。所写内容都出自他的脑子，有一些老的内容，但大多是当时流行的豪言壮语。后来他提起笔来，却向我要内容，我就信口杜撰一些给他。记得有一次我给的一副对联为：海角春光好，滩涂百草芳。横批：艳阳高照。这年爸爸妈妈刚迁来王港，离开老家，内心有些失落，我想借此安慰安慰他们。还有一次，父亲跟我要内容，我正搜肠刮肚，他却等不及了，自己直接写上：今年丰收谢老天，还期明年风雨顺。横批：心想事成。

老了之后，和父母一起过年是一种福气，但于我，只是几次美丽的梦境。泥墙草屋，乡间小路，画笺彩挂，鞭炮花灯。但玩到感到肚子饿，奇怪怎么父母还不来催促回家吃饭的时候，却被窗外真切的爆竹声惊醒，自是不胜唏嘘。光阴荏苒，岁月无情。我三十九岁的时候，父亲走了，我五十四岁的时候，母亲也走了。现在，虽然在老家和客地都有自己的小窝，但过年，我已无“家”可归。这个世界上，来自父母的那份骨子里的包容和温暖，那份至真和挚诚，找不到任何的替代。两代人之间的关系，几十年时间，稍纵即逝，失去时徒生嗟叹，拥有时唯须珍惜。

叔叔和婶婶都八十开外了，年前，我问叔叔成平兄弟是否回家过年，叔叔说：“我们在，他总要回来的。”果真，假期开始前两天，弟弟就安排好了工作，一个人先从北京回来了。弟媳因为单位安排值班，没回。侄女于小年夜赶回，因为值班，年初一下午就登上返程的火车。弟弟假期结束前一天回去的。弟弟做这样的安排，我能理解他的良苦用心。在自己已接近退休的年龄，能够回家过年，能够和自己的父母一起度过弥足珍贵的那个时间节点，这种上苍赐予的每一个机遇，都不能错过。

我羡慕成平兄弟，也羡慕所有父母健在的“老人”和将“老”之人，我为他们祝福，愿他们即便古稀耄耋，也能有“家”可归，能和年老的父母一起过年，尽享天伦。

2019.2.10

那晚，我陪叔叔

那天，大丰家里。下午五点，我给叔叔打电话，告诉他我回来了。叔叔说："上这儿来！"我说："今天不去了，天气不好。"叔叔说："过来，你婶娘不在家，我一个人在家。"我问婶婶去哪里了，叔叔告诉我，婶婶这几天肠胃不好，去镇上医院打点滴，住在街上小妹妹家。我说："行，那我马上到。"

临近冬至，又下着雨。从家里出来的时候，天已经黑了。从大丰到大龙，花了大约二十分钟。从大龙到白驹叔叔家，正常情况下，八九千米路，再有十来分钟就能到了。但不知何故，走着走着，发现路两边一片漆黑，只有不断驶过的逆向而来的汽车，刺眼的灯光，使视野变得更加混沌，车子只能像自行车一样，缓缓地摸索着向前。最荒唐的是，我竟然提前拐弯，走错了路，再回头，到叔叔家旁边的空地上把车子停好，已差不多晚上六点半了。

正奇怪叔叔家今天为何不见灯光，叔叔打着电筒过来了。叔叔说："难得停电，今天被你赶上了。"我顿悟，路两边漆黑，应该是刚才走过的路边农庄也停电了。叔叔怨我："这等了多久，以为有什么事儿缠着，你不来了；想打电话问一下，但蜡烛光线太暗，又看不清电话号码。"叔叔八十岁，别说他了，这样的光线下，我也无法看清手机上的电话号码。

厨房餐桌上点着一支蜡烛，散发微弱的光，被从门缝里钻进的风摇曳着，似乎随时都能熄灭。叔叔递给我一个电筒，让我给他照明，把两个没烧的菜烧一下。我打着电筒，叔叔点燃煤气灶，开始烧菜。只一会儿，菜就做好了。

开始吃饭。叔叔拿出一瓶梦之蓝。我因为这一段路走得吃力，头有点晕乎乎的，加之准备晚上去街上妹妹家看婶婶，便不肯喝酒。叔叔说，今天不用去看，挂了两天水，已经基本好了，要看明天上午去。我只好听从叔叔的安排，由着他把我的杯子斟满。我们叔侄俩边吃边聊，才吃好，听到头上日光灯继电器咔嗒一声，电来了。眼前一片不大的空间，被照耀得如同白昼，心，也豁然开朗。

叔叔烧水，我们洗好脸和脚，从天井穿过雨帘，来到北屋。叔叔让我睡他和婶婶睡的有空调的房间，我不肯，但拗不过他，只好坐到了床上。叔叔坐在沙发上，和我说话。八点半，他去了另一个房间休息。

叔叔和婶婶的床，被婶婶拾掇得清清爽爽，非常暖和，根本用不着开空调。我玩了会儿手机，便熄灯躺下。久违的雨声从屋顶、从封闭不严密的门窗传进我的耳朵，把我的睡意驱赶得荡然无存。一些沉淀的记忆，纷纷浮上心头。

叔叔比父亲小五岁。父亲二十一岁的时候，被动员参军，那时我出生才几个月。爷爷担心我父亲一走，照顾孩子等一大堆家务事，我母亲无法独自担当，便想出一个办法：让叔叔替换我父亲去当兵。所以，当村干部再来动员时，便对他们说："让二小去吧。"那时叔叔才十六岁，怕嫌年龄小，爷爷就给他虚报了两岁。于是，叔叔光荣入伍。

叔叔去当兵了，奶奶在家以泪洗面。没想到走后第三天，突然看到叔叔腰里别着一双从家里带去的布鞋，又回来了。后来才知道，部队复审社会关系，发现我奶奶的哥哥做过国民政府的乡丁。所以，叔叔被退回来了。

我的父亲只在冬闲时读过几天私塾，叔叔却读完了小学。小学毕业，这在当时已经相当于是秀才了。这张文凭还真有用。当兵"复员"没多久，叔叔就被乡里选拔去盐城参加农机抽水员培训，回来后便被安排到七灶乡抽水站工作。后又被安排去南京脱产学习农业机械两年，回来后先做司机长，后做乡镇农机站站长，一干就是三十余年。比之一直在农村做基层干部的父亲，叔叔吃的苦要少得多。叔叔一辈子基本没有做过农活儿，倒是退休后屋前屋后，拾掇拾掇，种些瓜果蔬菜，老有所为，亦是老有所乐。前些年，叔叔和婶婶被成平弟弟带去北京住了一个月，实在不习惯，任弟弟两口子怎样劝阻，到底还是溜回来了。婶婶说，他们是蹲在乡下的命，在北京时，浑身不舒服，回到乡下，找点活儿做做，反而神清气爽。

不知什么时候睡着的，醒来时，天已大亮，雨也停了。起床后，见叔叔也起来了。他准备到厨房做早饭。我叫他不要做，上街，去吃名声很响的白驹早餐，当然，主要是为了去看婶婶。我们洗漱完毕，正准备出发，妹妹用电瓶车带着婶婶回来了。婶婶说："昨天听说你来，我晚上就准备回家了，你妹子不肯，叫今天再挂一次水。今天早上我到底叫她送我回来了。"我说："好点了也需要再挂水巩固一下的。"婶婶说："不用挂了，你一来我就好了。"

妹妹回去上班。婶婶捋捋袖子，说："我来做早饭给你们吃。"婶婶今年八十二，比叔叔大两岁。

2018.12.16

听老同学聊那过去的事儿

金秋十月，苏州西山，明月湾，一次小范围的中学同学聚会。吃过晚饭，一群人在湖边散步，等月亮出来助兴。大家自由组合，边走边聊，我和云桂落在后面。

上学时，云桂负责年级黑板报出刊。后来，云桂他们几个穿上戎装，开启军旅生涯。之后，几十年间，我断断续续听说过云桂及另几位的一些情况。知道云桂在部队，专攻文字，把文章发得军内军外满天飞。但比起其他几个一起入伍的同学，他提干较晚，脱军装较早，正营职上，随家属转业到苏南的一个市级机关。

和云桂得以正常联系，是由于当时的新华网副刊。我经常在那里发文章，自然对该频道多有关注，凑巧，看到了副刊转发的一篇来自《新民晚报》作者为施云桂的散文，看内容，便知作者一定是他。我在打听他的时候，他也正在打听我。于是，一拍即合，我们有了彼此的电话。再之后，同学聚会，微信群的建立，就有了更正常的联系。我知道他早在改革开放之初，便毅然辞去铁饭碗，“下海”经商，经商小有斩获，又毅然“上岸”。这之后，他心之所往，足之所至，思之所得，笔之所记，遍及国内各处及世界上一百多个国家和地区（包括南极地区），写出了上百万字的游记与随笔，有不少在《新民晚报》发表，他也是当地报纸晚报副刊的重要作者。

我们边走边聊，话题不知怎么说到了老家学校前面的三十里河。他说，那时上学，每天得走十多千米路，倒也罢了，就是过三十里河，需乘渡船，一天两趟，无论刮风下雨，有时摆渡的华波爷爷要等聚到好几个人才肯开船。有时候夜晚天冷，华波爷爷就不再出来，害得他们只好多走三四千米路，绕道回家。有一次，他去学校小农场劳动，回家比较迟，到渡口时天已经黑了，还下起了小雨。深秋的天气，很凉。他和同学桂宝两人，轮番扯着嗓子朝对岸呼喊，两人把嗓子都喊哑了，华波爷爷就是不出来。他们又饿又冷，还带着劳动工具。两人一商量，把衣服脱下，和工具一起藏在河边的芦苇丛里，向对岸游去。约一百米宽的河面，黑乎乎的，浪大流急。他们好不容易游到了对岸。云桂说，他以前从来没有游过这么宽的河，当时不顾一切地下水，有一种视死如归的冲动，后来想想很害怕。

他们解下渡船的缆绳，拿起放在岸上的竹篙，两个不会撑船的人，硬是把船鼓捣到了北岸。穿好衣服，拿上工具，好不容易又把船撑到对岸。上岸后，还听见华波爷爷在自家屋里说话。云桂说，为了解气，他们上岸后，他用竹篙把渡船朝远处一推，然后把竹篙扔在河滩上，匆匆逃走。

第二天早晨上学，他和桂宝看见华波爷爷又在撑着船摆渡。问他："昨天我们喊了那么久，你为什么不出来渡我们过河？"华波爷爷说："渡个鬼呀，我的船好好地系在桩上，被谁把绳子解开，船飘到几里路之外，我今天一早绕了一大圈，才从对岸把它撑回来的。"云桂和桂宝互相做了个鬼脸，没敢笑出声来。

云桂说："上学的时候，你看我好像不怎么说话，但玩起来，只要想到的，都敢干。"有一次，他们放学走过村子边的土地庙，对着里面的香炉，他带头，几个小伙伴一人一泡尿，把香炉尿得满满的。回家之后，悄悄告诉奶奶："今天菩萨不会口干了，我们把盛香灰的香炉都尿满了。"奶奶听了，抡起拳头想打，又放下，骂："细麻腿子，冒犯菩萨，要被响雷打头的。”第二天，奶奶特地去烧香，求菩萨宽恕孩子。

上初中的时候，他们去学校，要经过一片茅草地。一条一尺多（约四十厘米）宽的小路，从草田中间穿过。放学，他们走在前面。他蹲下身子，从路的两边各拉过一绺茅草，打个结，然后继续朝前走一段，躲在草窝里看。有个女同学走到那里，脚下一绊，跌到地上。他们几个哈哈大笑，女同学爬起来，边走边骂：“做绝事，养不大，养大了倒马叉。”云桂说，当时拿那个女同学开玩笑，是因为女同学的妈妈曾经和他爸爸开过一句玩笑：“到时候把三丫头送给你家做大儿媳。”云桂在弟兄中岁数最大，老大指的就是他。他说，当时谁说到要给他找老婆，就对谁生气，以至于对那个根本没有影儿的“老婆”，也就不怀好意了。

云桂对我说，总感觉现在的小孩，被管束得太严。我们小时候，未必是父母不想管我们，但姊妹弟兄多，他们想管也管不了，所以我们生长的空间很大。我们淘气，我们被一些人称为不乖的孩子。但说来也挺有意思，我们几个在上学时调皮捣蛋的，现在多少都有点出息。

我们因为说话，走得慢。前面的人开始回头，我们也回头，后面又成了前面。今晚的云层太厚，月亮终究没能出来。暮秋的凉风中，湖水拍打着脚下的浅滩，发出呢喃细语，不知诉说着什么。

2018.10.22

老汪

老汪和我在同一个小区。和他第一次相遇，是在小区池塘边的水榭。我带着孙子，看水里的红鲤鱼。他和他老婆带着孙女，在一旁玩儿。他走近我，用浓重的苏北方言问我孙子几岁。我告诉了他，并问他是不是盐城人。他告诉我，他老家是靠近盐城的淮安。他又反过来问我，得知彼此都是苏北老乡之后，我们便有了不少共同的话题。他听说我刚从单位退休，说："单位上班没交易，拿点死钱。"我点点头，问他是做什么的，他说："也没交易，做做小工程。"

比起在单位上班，做小工程的，即便不是老板，也至少是个包工头了。如果是老板，那一年挣个百八十万的，差不多够拿死钱的忙大半辈子了。如果是个包工头，虽然常有讨薪难的实际情况，但被拖欠的，更多的还是工头手下的人。所以，工头自身的日子，基本还是比较滋润的。况且，既然这么瞧不起拿死钱的，似乎是老板的可能性更大。

听老汪说，他的儿女都在苏州。儿子在一个高档小区管物业，手下有二三十号人，儿媳妇在一家大型超市做领班什么的。女儿从小学到中学成绩一路名列前茅，高中毕业，女儿考入本省的一所名校，毕业后免试读了本校的硕士研究生。现在，女儿在市内一家很有名气的外资企业工作。女婿是一位大学老师，三十出头，已破格晋升为教授。说这些时，他的语气中有满满的自豪。

那天，我吃好饭出来散步，在小区的环形跑道上遇到了也在散步的老汪。他看我脸有酒色，问晚上喝的什么酒。我告诉他，红星二锅头，老品牌，价廉物美。他呵呵一笑，说那个酒十元一瓶，一股大麦味，他不喜欢，只在烧菜时用作料酒。我问他平时喝不喝酒，都喝什么酒。他说，酱香型正宗，浓香型多为勾兑，高度酒进口辣，喝下去舒畅，他都喝52度以上的。他说他从来不买酒，儿子媳妇儿、女儿女婿，好酒孝敬，有时朋友送送。他热情地邀请我有空到他家，两个人搞个痛快。我含糊其辞，没敢直接答应，怕叨扰之后，回请跟不上档次。

某一日，我从外面回来，在地下车库停好车回家，看到了老汪，他正在扫垃圾桶四周溢出的污水。我有点惊奇，问他在这儿干什么。他说："老娘儿们没事找事，闲得慌，要揽个打扫车库的活儿。今天她身体不好，没办法，帮她来顶一下班。"这之后，我在地下车库，真的没再见到过他，不过，也没见到过他的老婆。

那次去市立医院看一个病人出来，看到医护人员正从救护车上朝下抬一个病人，我一愣，其中一个穿护工服的，居然是老汪。他似乎也看到了我。我想和他打个招呼，他却抬着病人匆匆地走了。从医院回来后，在小区里，看到他老婆带着孙女，在小区的儿童乐园里玩儿。我走过去，问老汪啥时去了市立医院。他老婆说："不在地下车库打扫卫生后就去了。"她说："那里离家远，但工资高些，每个月还有四天休息，比在地下车库打扫卫生强多了。"我忽然想起老汪说的做工程的事儿，便问他老婆老汪原来在老家做什么？她说："他是做瓦匠的。"

有一天下午四点多，在篮球场，我正为没有气筒给篮球充气着急，带着孙女也在那儿玩的老汪老婆知道了，热情地说："我家有气筒，老汪在家，你去拿。"我按照她的指点，来到了和我家隔着两幢楼的她家。一敲门，果然是老汪开的门。他正在吃饭——是在喝酒。

我说明了来意，老汪拿出气筒给我。我一边朝球里充气，一边听他说话。他说在家里太无聊，朋友帮助在市立医院找了一份工作，钱不少，活不多，挺舒服的。晚上七点的班，现在吃好了去正好。我应付几句，放下气筒准备走，他盛情挽留，让我坐下喝酒，并拿出杯子和一个装着酒的塑料壶，要给我斟酒。我以要打球相辞。他退而求其次，说："那你坐下玩会儿再走。"

我耐着性子坐下。他说："这个散装酒，非常好，是老家朋友给的正宗洋河大曲。"并一再相邀：下次一定要过来尝尝。我瞥一眼他桌上的菜，一盘花生米，一盘土豆丝。他赶忙解释，冰箱里菜多着呢，肉啊鱼的，鸡呀鸭的，都有，但他最喜欢的，就这两样。他搛一粒花生米放到嘴里，喝一口酒，咂巴咂巴，又介绍他的花生米："老家亲戚送的，正宗小红皮，无污染无公害。"突然停一停，问我："那句话怎么说的？"我茫然，他自己回答："对了，这就叫吃香的，喝辣的。"

2018.8.7

难忘乡下的月光

“每颗心上某一个地方，总有个记忆挥不散。每个深夜某一个地方，总有着最深的思量……”许美静的这首歌，唱的是欲爱不能的凄怆，是失意彷徨时对心中所念的祝福，是对花好月圆的殷殷期盼。我不知道这种月光下的内心独白，为什么要叫作《城里的月光》。

其实，城里虽然可以看到月亮，但月光却是难得的稀罕物。天还没有全黑，早已是华灯齐发，曙色浸漫，路灯才闭上眼睛。越是发达的地方，越是夜晚如同白天。而白天连着黑夜的喧嚣，使夜晚本来具有的清幽与宁静，消失得无影无踪。纵然站在阳台上可以看到高悬的明月，但用电力营造的厚厚的光晕，把柔弱的月光挡得严严实实。月光是有的，但它属于天空，而不属于城市。

只有在乡下，才能看到随手可掬的月光。当月亮刚刚从东方的屋顶爬上天空，满世界便一片清朗。她给树木、村庄、原野都镀上了一层银白，让它们有薄纱般的朦胧，却不给你暗晦的感觉，有雾霭般的飘忽，却让你能清楚地分辨它们的轮廓。她会给树、建筑物投下形态各异的影子。树影婆娑，像斑驳的图画，房屋的影子凝滞单纯，有雾一样的边缘。偶尔传出的狗吠声，使月光下的原野，显得旷远而寥廓。对了，姣好的月色，如果没有声音的相配，再好的画面，也会黯然失色的。蛙鸣鼓，虫弹琴，风细语，浪拍岸，这些绝妙的天籁之音，只属于乡下的月光。

那时，有月亮的夜晚，我们一帮八九岁的孩子，一吃过晚饭，便在生产队的打谷场上集合，玩“吊吊狗”（一种捉小狗的游戏）。最前面的人做大狗，后面排着七八个人，一个抓着一个的上衣后襟，做小狗。一个人做捉狗的人。大狗喊一声开始，捉狗的便追着逮排在大狗后面的小狗。大狗张开双臂护卫着，后面的小狗随着大狗左躲右闪，极力逃避。谁不小心被捉住了，便要面朝里贴到墙上，你一巴掌他一巴掌地拍拍屁股，叫作“烤狗肉”。都拍过了，狗肉就烤熟了。然后你掐耳朵，他摸脖子，还有捏鼻子、掰指头，这叫吃狗肉。狗肉吃完了，再洗牌，开始下一轮游戏。捉狗的人是轮着做，排队的顺序如同接龙。我印象最深的是大宝宝，她是我们玩的孩子里唯一的女孩儿。开始我们都不肯带她玩儿。她就天天在一旁看我们玩儿，还拿来山芋、萝卜、炒蚕豆等给我们吃。后来，我们就带她玩了。有一天晚上，不知什么原因，她接连被逮住了三次，最后一次被我们“吃”哭了起来。大宝宝比我大几个月，十八岁的时候，父亲生病，为了得一点彩礼钱看病，就出嫁了。之后，我再也没有见到过她。

农村孩子的童年，结束较早。上了初中之后，有月亮的晚上，父母常常安排我们帮他们做事情。有一次，我和父亲一起把积在河边上的泥渣朝麦茬地里挑。我力气小，父亲就让我朝泥筐里装泥渣，他用两个泥筐轮着挑。我来不及，他就自己装。那回我鼻子不知怎么破了，流出血来。父亲吓坏了，他赶忙叫我回家休息。那晚，我不知道父亲是什么时候回家的，只知道一塘的泥渣，都被他挑到了地里。月光下，和母亲一起做的事情似乎更多。比如，从白天割下的玉米棵子里把棒头掰出，为白天刚栽的菜浇水，有时候，还会在门前编草毡子。

现在像朝田里施渣肥那样的力气活儿，早就无人再做了，无论蔬菜还是粮食，使用的都是从市场买回的肥料。河里的水草和浮萍，这种当年制造农家肥料的珍贵资源，成了必须定期清理的垃圾。母亲当年所做的那些琐碎的活儿，有的已经失去意义，有的被机械替代。如果父母还健在，一定可以悠闲地在月光下踱踱步，看花落花开，听春风絮絮、秋虫唧唧了。可是，他们已经去了另一个世界，唯有放着他们骨灰的墓地，在一如故往的月色下，阒然无声，渐渐被岁月之水淹没。

“城里的月光，把梦照亮。”然而乡下的月光，那才是真正的月光。它比城里的月光更辽阔更寂静，它有更原生态的皎洁，它有镌刻在心中的那些不可磨灭的记忆。因而，由它而照亮的梦，无论正在做着的，还是已经逝去的，一定会更美丽、更温馨，有更绵长的回味。

2018.6.26

第三辑　渐行渐远

流萤——大表奶奶的故事

在历史的天空，草根一族的凡俗之人，来无影去无踪，一如地上微尘空中风。他们只是流萤，贴近大地，与草木相依，自生自灭。不过，他们中确实有一些人，人已远去，但在亲近和熟悉者的心中，却有挥之不去的记忆，其精神和人格，口耳相传，生生不息。大表奶奶就是其中之一。

（一）历经磨难

大表奶奶是我父亲的表婶，她的婆婆，是我爷爷的堂姑。

那年头，表亲做亲似乎是最顺理成章的婚配。大表奶奶的一个姑子，即我爷爷堂姑的女儿，和爷爷的四弟——我的四爷爷年龄相仿。双方长辈有意，便为年龄相仿的表姊弟俩定了亲。四爷爷二十岁那年，我的老爷爷准备在秋天为他把婚事办了，但在夏天的时候，未过门的四奶奶在屋后的池塘边割草，失足落水，不幸淹死。

后来，大爷爷家的三儿子、我的堂伯学海十二岁时，爷爷们心有不甘，想在下一辈再做成还娘家亲，又请人说合，将学海伯伯和与他同龄的大表奶奶的大女儿定了亲。逢年过节，学海伯伯都来大表奶奶家送节礼，真正是青梅竹马、两小无猜的一对。想不到的是，也是在夏天，大表奶奶的大女儿和二女儿一起到前面的小龙河玩水，捞水里的莲蓬，竟双双落水身亡。

大表奶奶一共生了五个女儿，没有儿子。一下子走掉了两个大的，灾难却没有就此结束。她最小的女儿在六岁的时候死于痢疾，四女儿在十六岁时双目失明，二十四岁时患脑炎去世，只留住三女儿一根独苗。

这根独苗后来便成了我的婶婶。我叹服祖辈的执着。在婶婶二十岁的时候，四爷爷又出面做媒，要大表奶奶把三女儿嫁给我的叔叔。大表奶奶还没吱声，她的公公便开了口："我们陈家的女儿，就是嫁不掉，也不能再许给朱家了，那是等于把她们朝河里扔。"可是，那年中秋节，叔叔在外地学习，我爷爷没有经过老式婚姻必须的"说八字"的程序，就直接安排我的父亲代叔叔来大表奶奶家送节礼了。大表奶奶不好意思拒绝，无奈接受。一年后，叔叔和婶婶成了亲。

我没见到过大表爷爷。他们弟兄四个，只有他和老四结婚成了家。二表爷爷年轻时便信奉佛教，终年不沾油荤。做木匠，不管方料圆料，皆无师自通，手艺名扬一方。二表爷爷用木头刻成许多小菩萨，栩栩如生，陈列于自制的神龛。人长得魁梧敦实，手艺又出类拔萃，说媒的踏破门槛，但一律被二表爷爷拒之千里之外。二表爷爷如此倒也罢了，只是三表爷爷年纪轻轻，也视婚姻如洪水猛兽，弟兄二人终生未娶。倒是四表爷爷，从古镇白驹街上，找回一个能说会道的四表奶奶。

这四表奶奶一进门，四表爷爷便闹着要分家。老表爷爷挽留无用，便让他们住到老墩子东边两间房子里去了。老表爷爷对大表爷爷和大表奶奶说："你们弟兄三个就别分了吧，老二、老三没有家室，做事还勤快，你们两口子好好领着他们过吧。"

但之后不久，枯草不伏青草伏，三十岁出头的三表爷爷，病了没几天，撒手西去。接着，大表爷爷也暴病而亡。大表奶奶最小的女儿是遗腹子。大表爷爷走的时候四十一岁，那年，婶婶才九岁。

二表爷爷和大表奶奶在一个家中，共同走过六十多年的时光。二表爷爷对大表奶奶恭敬从命，犹如一个忠实的家丁，出外做木工赚的每一分钱，都如数交给大表奶奶统一入账；大表奶奶对二表爷爷，犹如对待自己的同胞兄弟，生活照料，无微不至。他们是人世间最朴实、最纯真、最晶莹剔透的两人，一生相携相扶。

（二）纵容无限

我第一次来大表奶奶家，是跟奶奶和婶婶一起来的。我们从西团乘轮船到白驹，下了轮船之后，我骑在婶婶的肩上，走过二三千米曲曲折折的乡间小路，才来到这里。

古镇白驹东北有一个叫杨家舍的村子，大表奶奶的家在村子东南七八百米的一片空地上。我来的时候，婶婶的爷爷还在。他高高的个儿，瘦弱，弓背，稀疏的白发朝后披着，是那种剪掉辫子后留下短发的晚清遗老。他捧着一根很长的烟管，坐在厂（遮阳棚）里吸着旱烟。婶婶出嫁之后，大表奶奶家还有四口人：大表奶奶、已经失明的四女儿（我们叫四姨）、二表爷爷，还有这个捧着长烟管的老表爷爷。

门前是逶迤通向斗龙港的小龙河，河面似乎比现在开阔，河水清凌凌的。婶婶当年就是从门前的码头走上喜船的。屋子后面的池塘应该是当年建房垒墩子挖出的，水里稀疏地长着一些大叶子的牛脚萍，把水都染成淡淡的绿色。水不是太清，但烧出茶来，却有淡淡的甜味。虽然取水没有前面的小龙河方便，但却是大表奶奶家的食用水之源。小龙河与池塘有过前面说到的淹死两代三个女孩的恐怖故事，也见证大表奶奶家有过的那些清淡却温润的日子。

再来大表奶奶家，我是和爷爷一起步行来的。这时婶婶的爷爷已经过世。婶婶也已经不住在我家，她和叔叔一起回到了自己原来的家。婶婶搬回家的原因，从我们家看，那时太穷，一大家子挤在只有两间面积不过三十平方米的破旧草房，里面还要养一头牛。在叔叔结婚的时候，买了人家一间旧瓦房做新房，却和草房不连在一起，生活起居很不方便。从婶婶家看，那时除了年纪渐大的大表奶奶之外，就剩下二表爷爷和双目失明的四姨，两个老人，一个残疾人，婶婶很不放心。于是，在生了大平妹妹之后不久，婶婶和叔叔就搬回大表奶奶家了。成平弟弟是婶婶回家后生的第一个孩子。

大表奶奶家的屋子比我们家宽敞多了。高高爽爽的丁头府，就是房门开在山墙的一侧，朝着太阳，南北为长、东西为阔的那种屋子。从房门一进来，连着两间明间，有八九米深，再往里便是一个房间，不足三米。就是这样的三间，已经远远超过我们家了。那次，大表奶奶拉开房间东北角的一张床和床里面挨着墙的芦席，竟露出一个窄窄的门，因为没有窗户，里面漆黑一片。进去，点上油灯，里面别有洞天，是一个完完整整的房间，只是地面高出几十厘米。挨着西檐墙有一张床，还有灯柜、箱子和一些零乱的杂物。大表奶奶后来说过，这间房在兵荒马乱的年代，可起了大用处。不单他们家，左邻右舍的乡亲在“躲情况”的时候，妇女藏到里面避过下乡扫荡的鬼子，还有人家把铜板、铜钱、银圆等细软封在罐子里送来藏着。

我和爷爷这次在大表奶奶家住了四五天。叔叔在外地的农机站上班，婶婶到地里做活儿，大表奶奶一边在家里陪伴我们，一边带大平妹妹和成平弟弟。早上，我们吃大表奶奶自已做的米面饼子，中午大表奶奶总要设法做出几道农家菜给我们吃。晚上是熬米粥，煮咸鸭蛋。这种招待，在二十世纪六十年代初期，已奢侈得如同满汉全席。吃每顿饭时，大表奶奶生怕我们吃不饱，她盛来一碗，一边和你拉着呱，一边趁你不备，便把饭添到你碗里。吃咸鸭蛋，一个没吃完，另一个便砸开塞到你的手里。大表奶奶做饭的时候，四姨便在灶后烧火。四姨不仅能烧火，还能带宝宝、洗衣服、切猪菜，做许多家务活儿。

在大表奶奶家，最引起我的兴趣的是二表爷爷的木工作品和材料，他雕刻的小菩萨，他挂在墙上的佛珠，他堆放在床下的各种半成品木料。二表爷爷在家的时候，我不敢乱动，待他出去做活计时，我便翻箱倒柜，把所有喜欢的东西都拉出来。

那次不知怎的二表爷爷突然回来了，看到我把他放得有条不紊的东西弄得一片狼藉，便一边收拾，一边说：“这不是宝宝玩儿的东西。”当看到一把凿子被我不知在哪里碰出一个豁口时，二表爷爷拉下脸，声音大了起来：“这把新凿子口被弄坏了。”我吓得不敢吱声。这时大表奶奶过来了，直接批评二表爷爷：“小孩子，他懂什么，你别吓了宝宝。凿子坏了又不是买不到，多大的事儿？”然后对我说：“乖，凿子不能玩儿，容易碰破手的。”说完，她把二表爷爷收起来的东西又拿出来，叫我继续玩儿。

大表奶奶对叔叔，也是孩子般的纵容。叔叔工作的单位离家有约三十千米的路，一个月回家一两次。家里的力气活儿，都靠婶婶一个人做。有一次叔叔在家里，婶婶叫叔叔帮着到地里锄草。叔叔拿一把锄头正准备跟婶婶走，大表奶奶看到了，从叔叔手里抢过锄头，然后对婶婶说：“我和你一起去吧，他在外面上班，虽然不晒太阳，但那么多人一个摊子，操心劳神，也很苦的。难得回家，你让他歇息吧，田里的事情，我们慢慢做就是了。”没让叔叔去地里干活儿，到了地里后还对婶婶说：“在姓陈的家里，你是个主人，女婿是个客宾，人家来帮我们家撑起一个门户，已经不容易了，你还让他下地，这不是我们家待客的礼数。”

大表奶奶在世的时候，叔叔在我们的眼里真的就是大表奶奶家的一个客人。我没见过叔叔在地里做过一次活儿。现在，已经耄耋之年的叔叔，倒是常常和婶婶一起，在门前的地里做一些活计——他们基本不种庄稼，只种一些蔬菜——这是后来的事儿。

（三）乐以与人

亲戚中，大表奶奶家是我最喜欢去、也是去得最多的地方。每年春节，都要去拜年，带一包馃子一包糖，玩儿上四五天，走的时候，除了馃子作为回礼原封不动带回，大表奶奶还要给上一元、两元不等的喜包。

那年初二，我和表哥德邦到大表奶奶家拜年的时候，他们已经围着桌子吃午饭了。大表奶奶先给我们吃馃子泡炒米茶，然后让出她自己的位置，再加一张板凳，让我们吃饭。

像农村里大多数人家一样，大表奶奶家的餐桌也是那种矮矮的长方形桌子（俗称小桌子），通常只能坐六个人。小桌子西面南端的那个位置是二表爷爷的专席，非他莫属。他吃的菜也是专属的，就两样：一碗大蒜烧豆腐，一盘炒青菜。叔叔和他并排，其他人分坐另外三面。大表奶奶把位置让给我们后，她自己捧着碗，搛些菜放在碗上，坐在离小桌子不远处，一边吃，一边和我们说些“来就来了，还带东西来做什么”之类的话。

这时，我注意到我旁边坐着的一个四五十岁的男子，戴一顶耷拉着的雷锋帽，身穿灰蓝色的棉袄，有几处露出棉絮。我正思忖这位从没见过的客人是大表奶奶家的哪位亲戚，那人吃好站起来说话了：“太不好意思了，奶奶这么客气，硬拉我进来和你们一起在桌上吃。我吃好走啦！”大表奶奶叫他等一下，走到里间拿出一件叔叔穿过的旧棉袄，说：“这件衣服给你，天好的时候把身上的布袄换下来刷洗刷洗。”那人双手合十，不停地作揖：“折煞了折煞了，一吃还要一带，奶奶你是我见过的最好的人。”

那人走后，婶婶笑笑，对我们说：“我妈真是的，是个要饭的叫花子，给他些饭菜就好了，还叫他坐到桌子上吃。”大表奶奶说：“人家一年到头走着吃着，过年了，让人家坐下来吃一顿安逸饭。”婶婶又说：“这个花子年纪不大，在家里弄活计做做，不至于出来讨饭的。”大表奶奶说：“人家一定有他的难处的。一个男人，涎着脸求东家、拜西家，不逼到没路可走，谁情愿走上这条路？”

对上门乞讨的叫花子都是这样，对邻居，对村里人，对或远或近的亲戚，大表奶奶更是赤心热肠，让人感到无限的温暖。她的家在庄子之外一片落单的地方，四周都是庄稼地，来田里做活的人，常常要来她家歇歇脚。尤其是夏天，做工的人累了便到她家凉快一会儿，要点水喝喝。大表奶奶在早晨便煮出一锅焦麦茶，晾在门前的树荫下。早晨煮早饭，会特意多煮出一些粥，留着给来她家纳凉休息的人解饥。

我每年去大表奶奶家拜年，都要遇到四表奶奶家的两个已经出嫁的女儿，她们和丈夫一起带着孩子回娘家拜年。四表奶奶虽然在“社教”的时候风光过一阵子，但家里的日子一直过得不好。一到冬天，四表爷爷总要用荡网子出去捕捞鱼虾。四表奶奶不会盘算，常常拿鱼虾直接充饥，这自然不比拿到街上卖掉，再辗转换成粮食或其他吃物糊口来得实惠。加之那时生活本就窘迫，所以，四表奶奶家常常是缸里无粮、堆上无草，来了人就不知所措，甚至连睡觉的地方都没有。从新女婿初次上门，到逢年过节前来拜年送礼，再到结婚后的回娘家，都由大妈妈招待吃住。从油米柴盐，到吃穿用花，大表奶奶不知给过四表奶奶家多少接济。

大表奶奶招待客人或者接济别人的时候，是该出手时就出手，一点没有犹豫。但是对待自己，却少有的抠门。在前面的河里养七八只鸭子，鸭蛋的一部分腌制成咸蛋，用于来客招待，还有一些要拿去卖了贴补家用。我不知在她家吃过多少咸鸭蛋，可我从来没见她自己吃过一次。她平时省吃俭用，可是一旦来了客人，先是千方百计挽留，然后挑家里最好的进行招待。但她到别人家做客的时候，对于人家对她的招待，总是坚决地予以拒绝。她来你家，你想给她做点什么吃的，她打着拉着，不让你做。

大表奶奶不能下地干农活之后，在家里烧茶做饭，汰洗拾掇，依然忙个不停。春节的时候，大表奶奶家能从初一忙到初五,一拨一拨的晚辈，有她自己娘家那一脉的，有叔叔这一脉的，最多的便是我们弟兄姊妹这一块了，是给大表奶奶拜年，也是给叔叔婶婶拜年。叔叔退休在家，当上了火头军，在锅上掌厨，大表奶奶便在灶膛前烧火，常常一坐就是半天。有时候我们要换换她，她摇摇手，把我们朝旁边推：“你们去玩玩，别把身上弄脏。平时你们弟兄姊妹们也难得聚在一起，过年才遇到，去谈谈家常，玩玩。”然后，在我们一桌子人围在一起吃饭的时候，她走到一边，不住地劝我们吃菜。一边说话，一边不能自控地轻轻地摇着头。说到高兴的事儿，呵呵地发出健朗的笑声。

（四）安然离去

那一年，二表爷爷走了，八十四岁。也是八十四岁的大表奶奶忙里忙外，帮着料理后事。在送走了二表爷爷后，大表奶奶抹抹眼泪，和我说:“宝宝，我家老二这个人好呢，他不多言，不多语，一辈子阿弥陀佛。你大表奶奶这个家，不是他，撑不到现在这个样子。那些年，你婶婶孩子多，年年都欠生产队粮草钱，全靠他在外面挣钱还超支。”停了停，大表奶奶又说:“吃，给他做什么他就吃什么，只要没有荤腥就行。穿，也是这样，买的衣服不穿，先前是我给他缝，后来你婶婶给他缝。到最后了，也一点不烦人，晚上好好上铺睡觉的，早上喊他吃早饭，就过去了。”大表奶奶发出一声叹息，又一次抹眼泪，脸和手都轻轻地抖动着。

二十世纪七十年代中期，叔叔婶婶拆了大表奶奶家的老房子，在原来的地方新建了两幢六间瓦房。叔叔和婶婶住在后面的一幢，二表爷爷和大表奶奶住在前面。二表爷爷住西房间，大表奶奶住东房间。二表爷爷走了之后，大表奶奶吸烟比以前增多。有天晚上，她坐在床上吸烟，不小心把烟火星子掉到了垫着的棉被上。好在她没有睡着，闻到了焦煳味，赶快寻找，但已经晚了，撑着的蚊帐起火了。她立即从床上下来，一面大声向后面屋子里的叔叔婶婶“报警”，一面抱起床上的被子扑火。叔叔婶婶及时赶来，打井水浸湿棉被，然后用其将火扑灭。

婶婶一共生了五个孩子，大平妹妹是婶婶住在我们家时生的，回到大表奶奶家时刚刚过周岁。成平弟弟及另外三个妹妹，都是婶婶回来后生的。每一个带过宝宝的人都知道，要把这五个孩子带大，需要花费多少心血，何况大表奶奶在带孩子之外，还有那么多的家庭琐碎，还要抽空帮助婶婶到地里做活儿。

孩子们长大之后，像鸟儿一样从巢里飞走。妹妹们就嫁在本地，隔三岔五地回家看看。可是，成平弟弟大学毕业之后，就留在了北京，通常只是在春节才能回家。于是，成平弟弟便成了大表奶奶内心深处永远的牵挂。成平弟弟在家的日子，便是大表奶奶最开心的节日。成平弟弟和我们一起打牌，她不懂，却守在一边看着，成平弟弟吃饭，她就在一旁陪着说话，成平弟弟睡觉的时候，她不时地走过来看看，为他掖掖被子。那次，大表奶奶身体不大好，成平弟弟从家里走的时候，拿出手帕擦眼睛。大表奶奶对他说：“乖，放心地走吧，男人的世界在外面，不要惦着家里，不要挂念奶奶。奶奶不会死的，还等着你下次再回来呢。”可是，成平弟弟下一次回来的时候，奶奶已躺在棺材里，等他回来进行最后的告别。

那次失火，虽然没有造成多大损失，但对大表奶奶的精神打击很大。之后，她的身体便每况愈下，生活起居渐渐不能自理。已经出嫁的几个妹妹都轮流回家，和叔叔婶婶一起陪她。在她九十一岁这年的那个生机盎然的初夏，她终于走完了坎坷又充满艰辛的人生。临终前，她神志清晰地对叔叔和婶婶说："我死了你们不要难过，我这么大岁数死了，你们都对得起我。"末了，又补上一句："你们都会活到比我岁数大。"

大表奶奶遭遇过命运和生活太多的打击和磨难，但她的内心一直拥有一份属于自己的执着和坚守。不管天有多黑，她的眼前总有阳光；不管天有多冷，她的心里总有热情。她一个字不识，但是，你无法否认，她的所作所为，足以让一些所谓有文化的人黯然失色，相形见绌。

陆续写下上面这些零碎文字的时候，才想起我竟然不知道大表奶奶的名字。向叔叔打电话询问，知道了她叫陈卞氏——这有姓无名的带有时代印记的称谓，似乎为了印证我在前面的感喟。我那嫁到婆家后重新被冠以姓氏的大表奶奶，真的就是夏日晚间飞过原野的一星流萤。星座或流星，离我们都太过遥远，倒是流萤之光，构成我们身边真实而切近的风景。

2014.2.13

懂我不言

“你好，欢迎光临！”刚掀开这家叫作健康源的盲人按摩店的塑料挂帘，喇叭里响起了一位女士热情的声音。这时，一个侧面朝我、正坐在按摩床前给顾客做按摩的中年男子，朝我转过头，和我打招呼：“你好，来做按摩的吗？得等15分钟。”男子看上去四十来岁，着湖蓝色短袖，长方脸型，戴一副阔边墨镜。上帝给了他健硕的体态和清秀的面容，为何残忍地让他无缘得见世界的斑斓？我估计，大概他就是这家按摩店的主人了。

果不其然。为那位客人按摩完，他让我趴到了他旁边的按摩床上。询问了我身体的情况，他便开始为我按摩。一小时，他给我放松了筋骨，让我一直不舒服的颈椎，轻松了不少。我是来这里试试看的，初试有效，便决定办卡，享受套餐优惠。这样，我就成了这里的常客。经常来，多次接触，让我了解了他的一些人生故事，而且，这些故事，从他的夫人和他的母亲那里，得到了交叉印证。

他叫刘牛。母亲生他的时候，前面已经有三个女儿。在重男轻女的苏北农村，他的出生，给这个贫寒的农家带来难得的欣喜！可是，欣喜稍纵即逝。他出生十多天后，父母从他对灯光的反应迟钝中，发现他眼睛异常。之后，父母抱着他四处求医。医生给出的诊断是视神经先天性萎缩。当知道这种病是眼科绝症后，他的父母，绝望地放弃了为他到外地治疗的努力。他渐渐长大，微弱的视力，只能看到一点点路影。他曾为不能和别的小朋友一起上学读书而哭过闹过，但懵懂和无知，还给他保留了些许童年的欢乐。其他孩子放暑假了，他和他们一起到河里洗澡，从高高的桥上朝水里跳，和他们一起爬树，掏鸟蛋。

隐隐约约的更大的不幸，在他十三岁那年，终于降临。在一个晚上睡着之后，他的早晨，再也没有来临。微弱的视力彻底消失，无边的黑暗成为他终生的相伴。他大声地哭，母亲则一边哭泣，一边说些安慰他的话。后来他不哭了，但母亲的泪却一直暗暗地流。

他开始分担家务，摸索着做饭、洗衣服、打扫卫生。开始时很生疏，后来渐渐熟练。父母想再生一个儿子，却又添了一个妹妹。家里人口多，压力大，他勉力而为的家务分担，使他成为家庭事务的重要帮手。家庭中，父亲是一头老黄牛，只埋头干活儿，不管别的。主持家政的母亲，把目光投向了刘牛未来的人生：当父母不在，他怎么支撑自己的生活？为此，母亲果断地为他做了两件大事。

一是为他领养了一个女婴。他二十六岁这年，邻村一户人家，捡得一个被丢弃的女孩。但因为没有生育指标，便在一天夜里，“有的放矢”地把这个孩子送来刘家。对这个孩子的可怜，加上对刘牛老有所依的考虑，母亲便作主将这个孩子收下了。最初的几年，由刘牛的大姐带回家帮着照应，到孩子能上学了，又带来刘家。从出生到上学，从小学到初中，这孩子先由刘牛的姐姐，后由刘牛的母亲，像女儿一样照料着长大。法律关系上的姑姑和奶奶，共同担负了母亲的责任。

二是帮他寻师学艺。为了他将来能够自食其力，母亲四处打听，为他找到一个算命先生后，带着凑得的学费，登门拜师。可是，刘牛在那儿学了不足一年，实在找不到对这一职业的兴趣和感觉，因而不得入门，便弃学回家。他对母亲说，这一行学问很深，不适合一天学没上过的自己。他告诉母亲，听说南方一些城市，时兴盲人按摩，这个行当辛苦，但他不怕，求母亲让他出去学这手艺。

在他拜师学算命期间，父亲不幸患重病去世。还没有缓过气来的母亲，不仅没有强迫他重回算命先生那里，并且立即根据他的想法，给他张罗起出去学按摩的事儿来。按照算命先生提供的信息，他们联系上了一个在浙江义乌做盲人按摩的老乡。母亲赶去二百多里外的淮安，找到自己的堂姐，借回几千元钱，给他作盘缠。一个寒秋的早晨，母亲把携着简单行李、眼前一片漆黑的儿子，送上了一辆开往义乌的大巴。母亲说："他还没出发我就哭，夜里无法入睡，直到第二天，儿子从浙江打长途电话到村里，辗转报了平安，我悬着的心，才暂时落了下来。"这一年，刘牛二十八岁。

在义乌的第一年，刘牛作为学徒，不仅没有一分钱工资，每个月还要向老板交一百元的伙食费。第二年，被雇用的一位浙江衢州的师傅，向老板辞职，到同在义乌的另一个地方自己开店。他走后不久，刘牛征得老板同意，也去了那里。刘牛说，这位衢州师傅肯真心教他，所以，他抱着继续学习手艺的想法，就应邀去了。在这里，衢州师傅不要伙食费，每个月还发给他十几元生活费。刘牛说，他最感激这位衢州师傅的，是把他推荐到杭州推拿按摩学校盲人班学习了三个月。他说，在杭州的学习，使他对人体结构、中医推拿的基本理论有了一定的认识，而这，对于一个按摩师是必不可少的。

又回到衢州师傅那里。衢州师傅有在宁波开按摩店的朋友缺少人手，便把刘牛推荐到那里。到了宁波，刘牛成了按摩店的当家牛，顾客光顾，首选大多是他。自然，他也受到了老板的善待，待遇不菲。

可是他却想回家了。在浙江，他一年只在春节回家一次。女儿刚上初中，母亲年事渐高，这个一老一小两个女人的家，需要他。他把想走的念头和老板说了，好心的老板劝他："最好不要回到老家，按摩这行业，目前只有在城市才能立足。要么你到苏州吧，那里我有熟悉的人。离家近多了，你可以经常回去看看。"

就这样，35 岁这年，他来到苏州。先在戚墅堰打工一年，后来想自己开店做老板，便在观前街租下一间门面。把自己在老家也做按摩的妹妹招来，还另招了一个师傅。客源充足，三个人，从下午到晚上十点多，忙个不停，生意做得顺风顺水。

这年夏天，他的父亲故世二十周年。他回家祭祀。这次回家，对爱情不曾有过奢望的他，最大的收获便是获得一位女士的芳心，命运之神让他遇到了一个叫延霞的女人。

延霞刚离婚不久。前夫英俊潇洒，却对家庭毫无责任心，除了只管自己在外面吃喝玩乐，还无事生非，惹出不少口舌。自己挣的钱，没有一分拿来家用，还常常伸手向延霞要钱，没钱，便大打出手。延霞绝望之下，便选择了和他彻底了断。她和刘牛相遇之后，几次接触，便从这个盲人的身上看到了一种许多健全人所不具备的东西。刘牛回苏州，她顶住了自己家人坚决反对的压力，毅然决定和他同行。到苏州后，刘牛继续开他的按摩店，她在一家外企上班。

她经常来店里看他。接触增多，了解益深，她终于做出决定，辞掉了在外企的工作，协助刘牛开店。一年后，他们结婚了。她、刘牛和他们各自一个已经成年的女儿，组合起一个新的四口之家。她和刘牛继续经营按摩店，两个女儿都先后工作。又过了两年，他们生了一个可爱的女儿。

如果这孩子上的是正常孩子的学校，这该多好！然而，极其不幸的是，孩子上的是特殊学校。又是眼疾，但似乎无关遗传。孩子几个月时，视网膜出血、脱落，夫妻俩带着孩子，到上海找到国内顶级的眼科医生。结果，也只能失望地回来。孩子有微弱的视力，理论上说，不会彻底失明。现在，延霞的主要任务就是接送孩子上学，陪她一起学习盲文。延霞早年考有驾驶证，为了孩子，他们买了一辆车。

因为延霞生孩子，后来又忙于带孩子看病，加之妹妹需要回家照顾生病的婆婆，刘牛退掉了观前街的店面，关门回了老家。在老家的县城也是自己开店，做了三年。生意还好，挣的钱少些，可开支也小得多。

母亲住着的乡下房子，在他回去之后也修葺、装潢一新。

转眼到了小女儿上学的年龄。眼睛不好，没办法上学，他们想到了苏州的特殊学校。为了女儿，他们决定再次南下苏州。这回，他们在古镇木渎的香溪路，租了一个临街的套间，门面之外，各种生活设施齐全，还有一个不太大的小院子。最主要的，这里距离小女儿上学的学校，只有十几分钟的车程。如果不想开车，乘公交也非常方便。

今年春天，延霞身体不好。因为她姐姐、姐夫都是医生，所以，便回老家看病。刘牛叫母亲来帮着照顾孩子，料理家务。老人家自己搭顺风车来了。八十四岁，说话中气十足，走路脚底带风。延霞治好病回来后，老人要回家，被留着没让走。老人一个人在老家，虽然靠近妹妹，但刘牛和延霞还是不放心。

那天，刘牛在给我做按摩时他的手机响了，他接电话，是一位熟悉的客人问他现在是否空闲。他说："手上活刚开始一会儿，你得等50分钟才可以来。"我说："你这样说，不会把人家吓走吗？你就说，你来的话，稍等一会儿就好了。"他说："这不行的，谁都忙，我告诉他时间，由他根据自己的情况，做出安排。要是把人家诳来，坐这里走又不是，等又着急，多不好。"有时候，后面有客人等着，我会叫他给我做简单些。他说："这不可以的，客多客少，都必须一样做，如果因为忙，就草率完事，这不是揩顾客的油吗？"

在刘牛的店里，我还见过他的大女儿。那天我刚到店里，发现一个姑娘带着刘牛小女儿朝外面走。在我趴下后，刘牛告诉我，那就是他的大女儿——那个捡来的孩子。我赞扬这孩子长得清秀漂亮。刘牛说，还可以，但鼻子稍微扁了一点。我问他怎么知道，他说是听母亲说的。他告诉我，女儿在苏州工业园区一家公司上班，今年春节结的婚，还没有要孩子。他说，这孩子很孝顺，对奶奶特别好。奶奶在老家的时候，她每个月都要回去看一次，现在奶奶在这边，一个星期能来几次。我顺便问到他们另一个大女儿的情况，他说："在杭州上班，差不多一个月回来看他们一次。”

我每次来做按摩，和刘牛聊的话题很多，内容很广。从贪官落马到前不久无锡的高架桥坍塌，从乌镇的互联网会议到中美之间的贸易纠纷，他竟无所不知，并且都能说出自己对这些事情的思考和认知。他能熟练地接电话、打电话，能用微信支付，能网上购物，甚至还是家里的账房先生——管钱。在数字时代，他绝不比同龄人落伍。懂我不言是他自取的微信网名。我无法想象，能做到这些，他付出了多少艰辛。但确确实实，他做到了。

有一次，我和他说：“你知道你的夫人很好看吗？”他笑笑，说：“一般般吧——人一发福，能好看到哪里？”停了停，他接着说：“我听我妈说过，她是长得挺不错的。但我能感知的，只是她的贤惠和善良，对孩子好，一般的母亲都能做到，对我，尤其是对我母亲的真诚关爱，这真不是哪一个媳妇都能做到的。”

我完全相信刘牛。西贤德谟克利特晚年时弄瞎了自己的眼睛，人问其故，他回答说：“为了看得更清楚。”眼睛给人类带来了世界的五光十色，没有眼睛的痛苦，坠入黑暗或蒙上眼睛就能真切感知。但这扇心灵之窗一旦被关上，没有窗户的心灵，便神奇地直接感知外面的大千世界。这感知，因为省却了“中介”环节，而更真实，因为过滤了外在的喧哗，而更理性。

我想起了一次和老家一位诗人朋友的闲聊。他得过小儿麻痹症，行走离不开拐杖或轮椅。一日，有文友表扬他新写的诗歌，他谦虚了一番，不知怎么说到了自己的残疾。我说：“你有常人所不具有的健全。残疾并不可怕，可怕的是人格的萎缩和精神的匍匐。”这里，我把这句话稍作改动，算作本文的结尾：只要有健全的人格和挺拔的精神，有亲情的抚慰和爱的阳光普照，残疾，其实真的不算什么。

2019.10.24

杏林诗韵墨生香

在留下过孔尚任足迹的古镇西团，谭学宜谭老先生，算得上是一个传奇。他从医六十余年，见证了西团医院的历史。医院由几间小平房诊所，到高楼耸立、科室配置基本齐全的乡镇综合医院，谭学宜是唯一一站到底、全程陪伴之人。他 1994 年退休时，已工作四十年，退休之后，又留用二十四年。二十岁的翩翩少年，成了年逾八旬的耄耋老翁，他依旧和在职人员一样，每天按时上班、下班。八十四岁的人，面色红润，精神矍铄，耳不聋，眼不花，连头发都几乎没有白的。

谭先生久负盛名。我的故乡在西团，对他自然早有耳闻，但真正熟悉他是在六七年前。我做教师时的老领导顾正宏先生，和他是几十年的老朋友，所以，因文字结缘，圈子相叠，便有了和谭先生较多的接触与交往。他记忆力极好，在餐桌上，不少诗词歌赋他都能出口成诵。他不仅写旧体诗，有时也写一些新诗。尤为难得的是，他还写散文，写一些研究和介绍古人诗赋的文章。西团镇自办的小报《山海视窗》上，几乎每期都有他的作品。虽然年纪较大，但对文字的热情，比不少年轻人都不逊色。我有时候在盐城或大丰的报纸上发一些小文，他看到了，立马会给我打电话，和我交流，给以鼓励，有时提出中肯的意见，如切如磋，其诚可鉴。

谭先生的诗，近体（格律）诗合辙押韵，清新中见高古。他的七言绝句《天边湖晚景》："柳荫深处莺声娇，夕照波光五彩描。横笛水边谁独奏，悠扬声里逸兴飘。”首句由近人苏曼殊“柳荫深处马蹄骄”巧妙化来，贴切自然，接着状写眼前所见，有动有静，有画面有声音，读来上口入心。《咏新柳》：“娉娉袅袅临波立，绰约风姿水底天。青丝秀发难相比，近似楚腰远似烟。”诗句清丽简约，虚实相映，于细致的描摹中，展示出一幅优美的春之图画。新诗有感而发，既贴近生活，又寄意深长。如《论诗》：“诗的激情，是地心涌动的岩浆；诗的温馨，是花开时节醉人的芬芳；诗的深邃，是思想天空闪烁的星光。”除了诗歌，他还写随感和散文，从日常生活中撷取素材，捕捉灵感，形成融入自己思考的文字。年事之高，思维之清晰敏捷，才情之老而愈盛，都令人心生钦佩。

谭先生对楷、隶、篆、草皆有所钻研，他平时所写多为行草和小楷。我不懂书法，无法对他的作品做出评价，但即便是外行看热闹，也能看出他的字的劲力与老到。最让我佩服的是他的小楷，娟秀清丽，工整稳健，我从书法的功力之中，能读到他内心的沉笃与静逸。

文字与书法，只是谭先生的业余雅好。他为之付出心血最多，也是最能体现其人生价值的，自然是他的医术。他术专中医，于西医也有很深的钻研，他运用中西医结合的方法，医治好许多疑难杂症。

我的一位小学同学和谭先生亦是多年朋友。那次我和他在谭先生这里相遇，问及他们何以相熟，老同学告诉我，他和谭先生乃是因病结缘。老同学肠胃染病，久治不愈，被某医院诊断为肠癌，去上海复查确诊，由于等待手术的患者太多，预约两个月后前往实施手术治疗。这当儿，因朋友介绍，老同学来西团医院，找到谭先生。谭先生一番望闻问切，说这个病不像是癌，建议开个方子，吃上一个疗程试试。结果，一个疗程中药吃完，症状明显好转，又吃了一个疗程，症状竟然基本消失，再去上海检查，肿瘤完全消除。老同学请本地一位书法名家给谭先生写了一幅字：草药治恶疾，妙手可回春。谭先生谦和地笑笑，说：“这个情况，说明我用的药是对路子的，但我觉得应该不是癌症——仪器提供图像，诊断靠人，对病情有误判偶尔也是有的。”

医乃仁术。无大爱之心难以为医。谭先生说，病人求医，把承载生命的身体托付于医生，作为医生，在以医学的方法为病人医治疾病的同时，一定要心怀热忱，和病人从精神上做好交流与沟通，要引导和帮助病人建立起战胜疾病的信心，这种心理上的治疗作用，比之药物治疗，其重要性更加不可忽视。难怪每次见到谭先生和病人接触时，他说话总是面带微笑，从容舒缓，清雅平和，给人如沐春风的感觉。

受职业操守的长期浸润，谭先生与病人之外的人事交往，也都是随和谦逊，平易近人，体现内心的宁静与旷达。他的朋友圈非常广，有志趣相投的同道知己，有口碑较好的地方政要，有市井义侠之士，更多的应该是接受他的治疗而康复的普通人。一次，他和至交懒樵先生相约在街上茶馆吃早饭，谭先生顺便邀请了另一位朋友一起参加。懒樵先生当时便不悦，事后，两人为此争执。一个怪另一个请了一个无话可说的人来，交流起来隔手隔脚，另一个则反怪其过于“我执”，缺少圆融与包涵。两位前辈的不同观点，或各有所据，但由此不难看出，谭先生仁心宽厚，在社会交往上，具有海纳百川的胸怀与气度。

不过，谭先生有时也并不随和。一次，他请几个朋友小聚。吃饭之前，有人问起上一次参加活动的某先生怎么没来。他说，这次没有请他。他解释缘由：“这人说请我们吃饭至少说过三四次了，次次落空。现在生活都过得去，不缺顿把饭的，但一言既出，驷马难追，有约无请，一说就忘，言而无信，这种人不一起玩也罢。”还有一次，一位老朋友请他吃饭，他直接说：“有某某人吗？有他我不来。和他没意见，但频道不一样，话说不到一起，坐在一起难受。”以后，那位老朋友请人吃饭，只得分开进行。

我和正宏先生有一次来谭先生这里玩儿，在他的办公室，和他聊起这么大岁数了还坚持正常上班的问题。他告诉我们，医院里对他上班的要求很宽松，但来门诊晚点儿，就有病人在门外等着了，既然社会需要，身体条件还允许，就继续做点有益之事吧。

谭先生的生活极有规律。他每天六点起床，散步半小时，吃早饭，上班。午饭后休息一小时再上班。晚上下班后，吃晚饭，散步，回来后和奶奶打会儿扑克牌，然后开始他的晚课——写一小时书法，看半小时古典诗词，十一点准时休息。这个日程，几十年如一日，变化不大。他不抽烟，但喜茶，对茶道亦有所研究。他不喝酒，但好友相聚，酒量在一两上下。若是他为主人，就略多一些，身体力行，带头尽兴。

耄耋寿翁精彩续，杏林诗韵墨生香。2013 年，谭先生八十岁生日时，我为祝贺他的生日，写过一首七律：“杏林高手秀同俦，八秩人生功未休。举止言谈儒雅见，文章道德楷模留。情怀老友常相聚，意寄青山偶作游。应有期颐天赐福，诗书笔墨续春秋。”时间又过去了五年，谭先生气色未衰，风貌依然。人生的版本很多，谭先生不过是其中一种。比之一些人高山瀑布般的激流飞湍，叱咤风云，谭先生只是山间小溪，潺湲舒缓。但唯其如此，才能走向恒久和绵远，才能以自己的活力，装点漫山遍野的苍翠与葱绿。

2018.12.6

天边湖畔隔世缘

老家西团古镇新建的公园里面有一片很大的湖，叫天边湖，湖名是从孔尚任诗句“东港天边水，西团海上村”演化来的。湖边靠近公路的一侧，矗立着三个人物雕塑，分别是元末明初的农民起义领袖张士诚，清末朝廷命官、《桃花扇》作者孔尚任，我的同龄人、曾在某市做过多年领导的“五品大员”沈先生。此刻，他们以雕塑的形式静静地相聚在这片静谧的土地，相顾无言。观瞻之余，不禁忽发奇想：如果能穿越时空，让他们敞开心扉聊聊，一定是件很有趣的事儿。

（一）张士诚

朦胧的月色下，一条满载两三吨海盐的木船，停靠在白驹向南二三千米远的串场河东岸。有人从船上搬出一块桥板，搁在河岸与船舷之间，然后，有两个人从上面把装在蒲袋里的盐从船上朝岸上搬。岸上有人在点数、接收。搬上十多袋后，两人中一个壮实一点儿的三十岁上下的汉子，从一个戴着瓜皮帽子的账房先生模样的人的手里，接过一沓纸币和一些铜钱。交易完毕，二人正准备回船，突然，锣声大作，从树上及周边的草丛中，一下子冒出十多名大汉，他们身着衙役衣服，手持兵器，将正在做交易的几个人团团围住。

这些大汉是泰州路属下草堰场的一帮专管盐务的吏卒，被盐民称为盐鼠。盐鼠中为首的一个胖墩墩的矮个儿冷笑着，对刚把钱塞进衣服里面的那人说："张九四，想不到我们在这里等着你们吧，这下人赃俱获，你还有什么要说的吗？"张九四倒也沉着，硬邦邦地扔出一番话来："要杀要剐，随便你们。田里遭灾，颗粒无收，一家老小，都快揭不开锅了，这日子，活着也是受罪。"这时，另外一人抢着接过话题，口气软和多了："老爷，我是九四他弟，家母患病卧床多日，前日请先生开了个方子，却无钱抓药，我们实在没有办法，求各位老爷饶过，以后断断不敢胡来了。"那个为首的矮个儿说："上回对你们进行训诫，你们抵赖不认，这回人赃俱获，又说出许多废话。念你们堪称孝子，且从轻发落。"停了停，接着说："钱款赃物，俱以没收，盗卖私盐，罚二百文，收受赃物者，罚钱一贯，明日至局里具结办理，不得有误。"

人尽散去，兄弟回到船上，商量如何处置此事。九四他弟说："这运送海盐，虽说辛苦劳累，但毕竟比煮盐或向富人家租种土地要多些实惠，要继续做这差事，就必须认倒霉凑足二百文，明日去草堰场交了罚款。"张九四说："不说钱难以凑全，就是这口闷气，也难以咽下，凭什么那帮孙子吃香喝辣，我等吃辛受苦，捞点外快贴补生活，还受这等羞辱？不如把平时相处较好的十几个哥们儿都串合起来，和这帮孙子拼个鱼死网破。"九四他弟起初不同意，但经不住老大再三撺掇，终于点头应允。弟兄俩连夜分头找一起运盐的哥们鼓动劝说，相约起事。一共串联了十八个弟兄，说好第二天一起到草堰场，持挑盐的扁担歇于盐衙外面，只等弟兄二人进去，大家伙立即一起拥入。

弟兄二人以前来接受处罚为由，求进衙署，门丁禀报获准，大门方开，哪知一窝人蜂拥而入，之后的事情，便如事先所定，见人必诛，大小官吏，一应死于扁担之下，唯昨晚那个为首者，端坐堂前，还没来得及说话，就被张九四突然从怀中抽出的杀猪刀，一刀戮了脖子。之后，他们杀官兵，烧富家，一路南下西进，破丁溪，克戴窑，队伍不断壮大，很快就攻下泰州和高邮。占据高邮后，张九四以此为根据地，改元天佑，自封诚王。

此后，张九四和前来镇压的元军有过多次交锋，由于朝廷内部矛盾，他得以转危为安。元至正十六年（公元 1356），他挥师江南，攻破常熟吴江，改平江路为隆平府，将承天寺作为府邸。第二年，由于遭遇朱元璋的打击，九四他弟被擒，锐气大挫，窘迫之下，只得受元招安，借元之力稳住局势。六年后，张九四与元决裂，自称吴王，在平江又经营了三年。1366 年，被朱元璋虏至应天，自缢身亡。

张九四是张士诚的小名，那个和他一起向岸上搬盐的九四他弟，后来成为张士诚最得力的干将，此人大名张士德，是张士诚的二弟。距离草堰场四十余里通向大海处，有个地方叫黄浦湾，湾边有个张家墩子，便是他们的故乡，虽然墩子已经被拆得七零八落，但本地人都知道，西团附近的这个不为人知的地方，在元末明初，曾是一个卧虎藏龙之处。

（二）孔尚任

孔尚任是山东曲阜人，孔子六十四代孙。说到他，人们首先想到的是传奇剧本《桃花扇》。他历时十余年、三易其稿写成的这部在文学及戏剧史上具有重要地位的作品，将明末清流文人侯方域与秦淮名妓李香君的悲欢离合故事，和南明小朝廷的兴亡有机融合，塑造了一系列栩栩如生的人物形象。作者借男女离合之情，写国家兴亡之感，使作品既贴近现实生活，又具有浓厚的历史意蕴。

《桃花扇》结尾《余韵》中的一套北曲牌名［离亭宴带歇指煞］是最脍炙人口的名篇："俺曾见金陵玉殿莺啼晓，秦淮水榭花开早，谁知道容易冰消！眼看他起朱楼，眼看他宴宾客，眼看他楼塌了！这青苔碧瓦堆，俺曾睡风流觉，将五十年兴亡看饱。那乌衣巷不姓王，莫愁湖鬼夜哭，凤凰台栖枭鸟。残山梦最真，旧境丢难掉，不信这舆图换稿！诌一套《哀江南》，放悲声唱到老。”文辞婉约清丽，意境旷远苍凉，对前朝故事的慨叹，蕴含多少对社会历史走势的惋惜与无奈！

对《桃花扇》所表现出的历史观或可讨论，但对由这部传奇剧所体现出的作者所达到的高超的艺术水准，却为历代所公认。孔尚任为历史所记住的，不是他的官阶或政绩，而是他在文学上的成就，简单地说，是他的《桃花扇》。但他能在天边湖得一席之地，虽然和文字、文学有关，但究其实质，是因为他曾是一名朝廷命官，是一位来西团兴办过水利的钦差大臣。

年轻时，孔尚任曾参加过岁考，终未及第。他不甘以圣人之后，却沦为庸常之辈。好在那时朝廷公开出售一些非领导职务的官位，他便典卖家产、田地，捐了一个例监。这虽是一个有名无实的闲职，但却使日后的晋升有了基础。1684 年，他三十六岁的时候，时到运转。康熙南巡北归，顺道至曲阜祭孔，孔尚任为康熙做解说员，讲读圣祖经典，使康熙龙心大悦，破格擢为国子监博士，孔尚任正式走上仕途。但赴京就任之后，立足未稳，即被钦点随工部侍郎孙在丰往淮扬兴办水利，疏浚海口。

按照常理，对于康熙的这种随意性极大的钦点，孔尚任内心虽有不悦，但由于对皇上知遇之恩的感激，不管差事有多难多苦，也不管和自己的兴趣喜好专业特长有无关系，孔尚任还是愉快地赴任履职了。作为钦差，孔尚任即便不把疏浚指挥部设在泰州，至少也可以设在草堰场或临近草堰的白驹场，这会给生活带来许多方便。但孔尚任新官上任，自是想做一番事业，他把自己的“营寨”安到了草荡盐灶之间的西团，与渔人、盐户为邻，和鸥鹭、獐兔为伍。三年含辛茹苦，治水造福一方。他在此期间写下的一些关于西团的诗文，对于西团的意义，远甚治水的政绩。征集民夫疏浚河道，他不来，自会另有人来，但既能完成此钦差任务，又能以诗文入史的，大概非他莫属了，尤其是他的《西团记》，对于研究西团及串场河以东地区的地方史，对于研究盐文化，实属不可多得的历史文献。

孔尚任离开淮扬回京城后，先是继续做他的国子监博士，后升为户部主事、户部广东司员外郎，边做官边创作《桃花扇》。公元1699年的《桃花扇》成书，洛阳纸贵，使他名噪一时。但之后不久，即被免职。“命薄忍遭文字憎，缄口金人受诽谤”，《桃花扇》应该是其被免职的原因——清朝文字狱泛滥，《桃花扇》写历史兴亡，而且说的是和清朝有关的事儿，虽想把话说得无懈可击，但百密一疏，被免职也就不足为奇了。

七十岁的时候，孔尚任在曲阜石门家中郁郁而终。不知他写《哀江南》的时候，有没有想过会一语成谶，慨叹的其实也是自己的人生际遇。

（三）沈先生

沈先生是我的初中学长，他是1965届小学毕业生，我比他晚一年。在1966年之前，小升初得经过严格的考试，在近八百名小学毕业生中，仅仅招收一个班共五十名初一新生。沈先生能成为幸运者之一，说明他上小学时成绩出类拔萃。但在初中只学了一年，学校便停课了。后来的两年，上课的时间少，教材都是临时编的，以学习一些实用性知识为主。所以，他们虽然按时从学校毕业，但这初中毕业证书的含金量，比下一届的我们好点，但也好不到哪去。

沈先生上初中的时候，个头儿就比较高，长得敦实憨厚。二十世纪七十年代初，各个公社都在一夜之间办起了高中，上高中不问成绩，只要被贫下中农推荐即可。不知何种原因，没有推荐到他。他在生产队劳动了几年，十八岁时，到部队当兵去了。三年后，退伍归来，被安置在一个国营企业。在这里，他被推荐上了后来并入江南大学的无锡轻工学院。毕业后，重回企业，从技术员、车间主任到厂长，一路进步，工作做得风生水起，有声有色。1989 年，他被调某县计划经济委员会任主任，不久便被提拔为副职领导。1994 年，调任外地主政一方。

在外地，沈先生以极大的魄力，制定当地发展规划，开发老城区，建设新城区，出手不凡，成效卓著。难能可贵的是，尽管拆迁量很大，但疏导有方，注重解决群众的切身利益问题，不仅没有出现通常在拆迁中容易出现的干部和群众之间情绪对立，而且，在群众中赢得了极好的口碑。因为上下同心，干群协力，该地的城市建设和经济社会发展，取得了跨越式的进步。

因为政绩显著，2001 年初，沈先生的职务又上了一个层次。在该岗位任职七年，年富力强之时，不幸罹患重疾，医治无效，撒手人寰。对于其工作能力及为官之德，坊间和官方都给予很高的评价。

关于他的去世，有人说和喝酒有关。他为人随和，从不摆姿态、端架子。他酒量大，弟兄父子假日相聚，常常是人均一瓶。和下属或朋友相聚，豪爽过人，从不居高临下地劝人喝酒。身体不好做过手术之后，他和同事、朋友一起吃饭，出于尊敬，难免有人向他礼节性地敬酒。敬酒的人建议他喝点儿温水或饮料，但他不肯，他说，白酒不能喝，红酒总得喝点的。后来他的病情加重，与喝酒有没有关系，难下结论，但有一点不用怀疑：他由生活小事上所表现出来的那种居官不傲的个人品质，一定让许多官场中人望尘莫及。

还有人说，他的死和他的父亲死后下葬有关。他的老父亲故世后，来了许多他的部下。在墓地，部下们见他跪下，也都跟着跪下。沈先生叫他们不要跪，并且自己带头站起来。这也罢了，他还指着墓地附近的河流与树木，说："这地方不丑，老了以后，也来这里。"民间说法，这是不祥之语。想不到，父亲死了没过几年，人犹未老，他竟命归黄泉，安葬在和"不丑"之处近在咫尺的衣胞之地。

俚语村言，不足为据。人的生老病死，本来具有较大的不确定性，如果硬要找原因，我宁愿相信，一个胸有大志、真正想干一番事业的领导，为工作而透支了身体，倒是确有可能。

（四）石像对话

天边湖湖畔的这三尊石像雕塑，本来各观天地造化于一隅，因为被表征为特定的对象，所以缘来相聚，得享这里的一席之地。它们所表征的对象，都曾经以自己的方式，在这片土地上留下过自己的足迹，是点缀这片土地的一道特殊风景，是这片土地的荣誉和骄傲。

或许是久居这钟灵毓秀之地，又或许是受到了人们太多的瞻仰和心祭，某个月华如昼的夜晚，石像忽然显灵，它们走到了一起，坐在和它们挨得很近的一个凉亭里，高谈阔论，叙说各自对过往岁月的感慨。

张士诚说："我曾受过朝廷册封，曾经拥有淮东江左千里旖旎锦绣之地，享有小国为王之尊，现在在姑苏古城，还有我的已成为名胜的陵墓，今日能在此和二位阁下相遇，真乃隔世有缘。"

孔尚任说："我奉朝廷之命，来此疏浚河道，廓清海口，造福一方，口碑犹在。你公差行私，作窃被逮，揭竿而起，使广大生灵横遭血光之灾，后来又因你而有洪武遣散，致使许多黎民流离失所，来此不毛之地，含辛茹苦，备尝生活之艰。我为功臣，你为罪人，湖边初次遇你，我深感有辱斯文。"

张士诚说："斯文值几个钱？想当初，我十八条扁担开路，所向披靡，遭遇官军围剿，先降后反，直取江南。占据平江后，我信奉孔丘仁爱之说，轻徭薄赋，息兵养民，到头来还不是被朱元璋蚕食鲸吞，使打出来的江山毁于一旦？"

沈先生笑而不语。

孔尚任说："朱元璋虽出身草寇，但文韬武略，自非常人可比，治国之道，亦不乏过人之处，公为寇中一雄，割据有成，然终败于彼，足见彼出其类也。”

张士诚说：“夫子差矣！起事之初，拳头就是嘴巴，谁的拳头硬，谁的嘴巴就大，吃肉喝酒，号令天下。天下既得，犹树之干云，自有百鸟来仪。你出身贵胄，满腹经纶，不是一样为能够替皇帝老儿尽心效力而感激涕零，深怀知遇之恩？上有不悦，便弃之如敝屣。我若命达，何愁徐达、刘伯温之辈不趋之唯恐不及？”

张和孔二人面面相觑，不语，皆目沈以求知音。

沈先生双手合握，向二位连连作揖，先咳嗽一声，说：“久仰二位大名，有幸忝居天边湖这一方宝地，与二位前辈为伍，也算晚辈幸运了。刚才二位所言，各有道理，使后生茅塞顿开。只是在我看来，二位的生平事迹，其实都是历史的错位。想张先生当年举义，也是迫于无奈，如果地方官吏多些亲民举措，物质接济，思想疏导，何忧一方稳定？如是，哪里会有你后来的起起落落？”

孔尚任微微颔首。

张士诚自我解嘲：“朱元璋除了陵墓比我的大，还有什么？”

沈先生接着说：“孔先生来西团治水，初出茅庐，即创骄人业绩。一篇《西团记》，成为今人研究西团及地方历史的珍贵文献。后来回京城为官，春风得意之时，重拾雅好，写出传世之作《桃花扇》，声名大振，却给仕途画上句号。官场失意，文坛驰誉，个中得失，惟先生自知。”

孔尚任拱手相揖，张士诚似懂非懂，一脸茫然。

2015.11.16

归

那年秋天，我回乡下祭奠母亲。到了二弟家，客厅一侧靠墙的地方，放着一张方桌，朝外的一面，挂一块深红颜色的桌帏。桌上一尊佛像，铜磬，木鱼。一个披着大红袈裟、脑袋光溜溜的和尚，半眯着眼睛，语速极快地念诵着经文。“这不是宏业吗？”和尚瞥了一眼，不顾我的惊异，继续低眉垂眼，念他的经文。二弟说：“没错，是他。”

（一）意外结缘

我认识宏业，是因为他到我们家送喜糖，两口子一起来的。当时的感觉：小姑娘标致青春，这男人老大不小，不无沧桑，也能走到一起？问二弟，他说：“这是有原因的。”——他们走后，二弟简略地介绍了这一对新人，男的叫宏业，女的叫宝琴。然后，给我讲他们的故事。

宏业和宝琴是远房姨兄妹。在老家的时候，并没有来往，只是在他们先后从老家迁来海边这片新垦之地成为邻居后，才彼此熟悉。

那天，宏业刚从地里回家做饭，宝琴来了。“姨妹，你有事？”宝琴说：“哥哥，让我和你一起过吧。”宏业没听懂，问她：“你说什么？”她说：“我不想嫁给那个拿钱买我的男人。”

这一说，宏业明白了三分。宝琴的妈妈为了给宝琴爸爸看病，收了媒人送来的五百元聘礼，答应把宝琴嫁给一个鱼老板。鱼老板家在宝琴妈妈娘家庄上，早到了谈婚论嫁的年龄，却依然光棍一条。一次宝琴和妈妈一起去外婆家，鱼老板看到后，便打起了主意，请媒人和宝琴妈妈说合这件事儿。宝琴妈妈开始不同意，后来因为宝琴爸爸看病急需用钱，就收下了聘礼，答应了这门亲事，可宝琴死活不肯答应。那次宏业在宝琴家玩儿，宝琴妈妈和宏业说起这事儿，怪宝琴不听话。宏业说："照道理，孩子的事儿，得由着他们自己。"看宝琴妈朝他使眼色，他赶忙闭了口。当时，宝琴抬起头，表情复杂地看了宏业一眼。今天来，或许正是为这件事儿。

宝琴猝不及防地扑到宏业的怀里，呜咽着："求哥哥救我——娶我吧。"

宏业明白了，把姨妹轻轻推开，说："不许瞎说！你不肯嫁过去，可以好好和你妈妈说，把聘礼退了，村里好小伙子不少，有中意的自己挑一个。哥哥比你大这么多，不合适的，再说，哥已经有女人了。"

她哭得更凶了，说："钱早已被我爸看病花掉了。"

宏业到房间打开箱子，从一个小包里拿出五百元，给她。"拿回去吧，如果你坚持不愿意嫁给鱼老板，就让你妈把钱先还给人家。"宝琴泪汪汪地看一眼哥哥，拿了钱。临走，她说："如果你有女人是骗我，我还会找你。"

宝琴妈妈有了从宏业这里拿来的钱，经不住女儿的搅缠，退了聘礼，费了一些口舌，总算了结了这门亲事。

大约过了半年，宏业在地里锄草，宝琴从不远处自家地里走来，对宏业说："哥哥，你在骗我。你真有女人，怎么从来没有见到或听说过？"宏业正要说话，她却接着说了："你明天把那个女人带回来给我看看。要是没有女人带回，我后天就和你去登记。"

"不行不行。"宏业急了，他到哪里去领个女人回来呢，所谓有女人，只是他为了搪塞她而编出的一句谎话。

宏业弟兄姊妹五个，爸爸妈妈日子过得非常艰难。在他二十三岁的时候，爸爸分给他两千块砖，两根水泥桁条，让他自立门户。他把这些用船运到四十千米开外的这个当时还是一片不毛之地的海滩，和本乡各村抽来的一群拓荒者一起，开始了自己的创业生涯。披星戴月，风餐露宿，几年之后，他终于建起自己的安身之处。当不少一起来的人还住在茅草搭成的棚子里时，他已经盖起了三间瓦房。家里虽然没有什么陈设，但基本生活用品添置齐全，手上还略有结余。他说他没其他本事，就是有力气，能从早上天一亮下田，带上一盆饭，一直做到晚上八九点回家。一个人种近二十亩（约 1.33 公顷）地，他从来没有找过帮工。

宝琴一家是晚几年迁来的。

那时，全村人共用一口水井，吃水得各家自己到井边担。宝琴家没有水桶，要担水就到宏业家借。一次闲聊中，知道了他们还沾着点亲戚关系。之后，她便叫他哥，他则叫她姨妹。有时，宏业会主动帮着宝琴担水，偶尔还会帮着宝琴家做一些地里的活儿。

宏业对宝琴说："说实话吧，哥哥不是没有想到过你，但你比哥小十岁，年轻漂亮，哥哥苍老邋遢，配不上你。"宝琴说一声"我真的喜欢哥哥"，又一次扑到宏业的怀里。这一次，宏业没有将她朝外推，用手抚一下她的背，说："婚姻不是儿戏，不能意气用事，你还小，我不能害你，一时冲动，你后悔，我会对不起你的。"她说："我不会后悔，除非你嫌弃我。"宏业说："你先回家吧，家里人等着你回去吃饭呢。"她说："你要是不答应，我今天就不走了。"宏业无奈，说："这么大的事情，你总得和家里人商量商量的，要听听他们的意见。"宏业松了口，宝琴才离开。

她回家把自己的想法和妈妈、哥哥说了，哥哥表示她自己的事自己拿主意，妈妈不仅没反对，还说："宏业人本分，你嫁他，不会吃亏。"至于她爸爸那一票，从来都由妈妈代投。

后来的事情非常顺利。他们去乡镇府登记，巧遇乡里筹划一个移风易俗的活动，为20对新人举行集体婚礼。他和她，作为其中的一对，牵手走进了婚姻的殿堂。

（二）游走归来

宏业大龄成婚，自是喜不自胜。姨妹婀娜姣好，有妙龄少女的纯情逸秀，亦不乏成熟女性的丰韵妩媚。年岁比宏业大的，夸宏业命好、有福气，那些比他年轻的小伙子，把羡慕露在脸上，把嫉妒藏在心底。连二弟有一次都和我说："要是早点想起来，把宏业的姨妹介绍给上海的毛毛弟弟，多好！"

宝琴成了宏业的宝贝。宏业舍不得让宝琴去田里做活儿，就开了个豆腐店，白天在田里忙，晚上回家做好豆腐，第二天留给宝琴卖。宝琴原来一直是在地里淋雨熬日头的，突然过上相对轻松舒心的生活，潜在的丽质，越发地洋溢出来。

时光过得很快，一晃他们的儿子就六岁了。春种秋收，田里的活计宏业一着不让，做得井井有条，豆腐店也开得风生水起，规模越做越大。原来的生意只是面向本村，客户都是左邻右舍的乡亲，现在已经名扬一方。临近的小街，十几里之外的王港闸、盐场都来订货或直接购买。宏业白天下地，晚上做豆腐，一夜睡不了几个小时。宝琴一边照顾孩子，一边料理门市，还不时外出送货。

这天，宏业从地里回来，家里锅不动，瓢不响，儿子手里拿着个生山芋啃。宏业估计宝琴是出去送货了，就动手做饭。饭做好了，宝琴还不见回来，他便和儿子吃饭。吃好饭安排儿子睡觉，然后开始磨黄豆，煮豆浆，点卤汁，做豆腐。他把所有的事情都做完，已经凌晨一点多了，宝琴还没有回来。那时，手机还没有普及，任怎样着急，也毫无办法。这一夜，宏业望眼欲穿。

第二天，宏业没有去地里，他要在家里卖豆腐。他先到丈母娘家，后到村里他认为有可能找到宝琴的地方寻找，皆一无所获。

一直到第四天，一个在盐场做工的邻居，告诉宏业，说看见宝琴了，看到她在盐场的王老板家门前晾衣服。宏业一听，不敢相信，却明白了三分。那个王老板和他差不多年纪，老婆几年前在车祸中丧生。王老板在盐场承包食堂，来买过几次豆腐，宝琴也送货去过。

宏业赶到盐场，找到王老板家，宝琴正在洗衣服。见了宏业，立马眼帘低垂，只看着手里的衣服，不紧不慢地揉搓。宏业说："怎么不说一声就在这里不回家了呢？"宝琴还是一言不发，宏业劝她："跟我回家吧，你走了我和儿子怎么办？"终于，宝琴丢下手里的湿衣服，起身，拿起自己的一个包，准备朝外走。宏业说："王老板人呢？你走了，他回来会着急，给他留个条子吧。"宝琴站着不动，一脸的尴尬。旁边的桌子上正好有一支圆珠笔，宏业拿过放在床头的一张报纸，在空白处写上歪歪斜斜的几个字："我跟宏业回家了。"然后，将其丢在显眼的地方。

他们回家之后，宝琴对宏业说："我送豆腐到食堂之后，他叫我随他到家里拿钱。到了他家，我敌不过他，被他占了便宜。然后他把钱给我，让我走。但我觉得对不起你，越想越后悔，觉得没脸回家。"

宏业说："这件事已经过去了，不怪你，是我只顾了家里家外的忙，对你体贴照顾不够。"

（三）了犹未了

宏业和宝琴商量后，关掉了豆腐店，买了一台手扶拖拉机。他除了忙自己田里的活计，收种之时，还用拖拉机帮助其他人家做些活儿，赚些零用钱。宝琴以在家里做饭、照顾孩子为主，空闲了便到田里做做帮手。日子，又恢复了往昔的安详和宁静。

许多事情的发生，纯属偶然。几年后的一个春节，宝琴有个在上海打工的堂姐，来宝琴妈妈家看望婶婶，和宝琴姊妹相遇，一唠就是半宿。姐姐走后没过几天，宝琴对宏业说："我想去上海姐姐那里打工。"宏业说："这么远，你一个人出去，舍得下我，也舍不下儿子呀。""我会经常回来看你们的。"她说。

宏业没有固执地留她。宏业和她说："我们虽然没多少钱，但日子还是过得去的。我怕你在外面吃苦。"她说："我先去看看，吃不了苦再回来。""嗯，那你去吧，家里的事你不用担心，儿子我也会照顾好的。"

她是春天走的。隔三岔五，会给儿子或宏业寄一些小物品。春节回来，给儿子买了一身衣服，给宏业买了一双皮鞋。家人团聚，过了一个祥和的春节。元宵节那天，她又走了，宏业把她送到车站，还大包小包给她带走好多东西。这一年，儿子十一岁，上三年级。

孰料这一去便石沉大海。从春天等到秋天，从秋天盼到春天，从今年等到明年，从明年等到后年，一直杳无音信。从家里带走的手机，手机号码早已成了空号。辗转找到那个堂姐的电话，打过去，说她们早就没有联系。

宏业终于死心，不再寻找。他把拖拉机卖了，把田退出一些给集体，留下十亩（约 0.67 公顷）地自己耕种。闲暇的时间，关门闭窗，埋在家里，又是看书又是写字。邻居说，宏业可能被气疯了。可是看见他在地里做活计的时候，一切又都很正常。有人劝他："宏业，想开点儿，看你儿子，成绩好，将来会有出息的。"他说："随他去，我就这么点出息，能对他有多高的要求？"有人逗他："你也该满足了，那么漂亮的一支鲜花，插在你身上十多年，还给你生了这么好的一个儿子。"他说："这倒是真话，我是该知足的。"有人为他后悔，怪他："前面出个事情了，你还放她走，这不是明摆着手一松，上山东吗？"他说："这个你就不懂了，她有心和我一起过，这日子过起来才有味道，她的心不在了，硬把她留住，对她，是痛苦，而我就会开心？我不后悔让她走的。”

如果日子就这样缓缓流过也就罢了，但意外如同突然出现的落差，会让命运在起伏中发生断崖式的变化，而这种变化，根本不顾及当事人的境况和感受。宏业在去学校开家长会回来的路上，一辆满载树木的卡车呼啸而过，露出车厢的一截木头从后面将他猛地一击，他便连人带车，重重地摔到地上。凑巧经过的一位邻居把他送到医院，醒过来的时候，已经是三天之后。

在医院里面住了近两个月，花光了他的所有积蓄。出院回家，还只能卧床休息。儿子自己学着做饭，还要照料他。这一年，田里基本无收，儿子本来是班级里的尖子生，成绩因此一落千丈，在中考的时候，只考上了本市的一所职业学校。

刚刚能行走，宏业立即赶回老家，找到了他的一位出家为僧的表叔。一见表叔，他扑通跪下：“叔叔，收我做徒弟吧。”他说，出了个车祸，捡了条小命。车祸前就想拜叔叔为师，但尘缘难断。现在肋骨断过三根，头颈部缝过近百针，体力活不能做了，要吃饭，要供儿子上学，要找个精神寄托。表叔把他扶起，说：“我收下你了。”

（四）岁月静好

我看着用红纸做成的母亲的灵牌，上面的毛笔字笔画虽略显生硬，却摆布匀称，构架得体。“这是你写的吗？”我问宏业。他答道：“总不能请别人写啊。”我又指指他面前打开的《金刚经》，问：“这个上面的内容都能记着？”“能的，”他说，“不知背过多少遍了，一开始上面许多字都不认识，更不要说记住了。现在，放在面前只是个摆设，偶尔看一眼罢了。”从许多字都不认识，到能够背诵，从硬笔字都写不好，到能够写出有模有样的毛笔字，不难想象，宏业需要怎样的毅力，需要付出多少艰辛!

祭祀在吃过午饭后结束，弟弟给了宏业一百元，他找出二十元零钱给了弟弟。

弟弟告诉我，宏业这些年还算过得不错。现在谁家有老人亡故，一般都要请和尚做法事的，一次给个百儿八十的，遇到放焰口（佛教仪式），还能多些。他家房子又翻砌过一次，挺大。弟弟说，就是儿子，在外地一家工厂做工，谈过一个对象，后来人家嫌弃他是单亲家庭，分手了。

我问弟弟，他现在和老婆是否还有联系。弟弟告诉我，早离掉了。那次他老婆回来，给他一万元钱，求他去办理离婚手续。宏业一分钱没要，立马和她去镇上办了。弟弟说，他老婆也不顺利，先是在洗脚房，后来做了一个老板的情妇，生了一个孩子后，却被甩了。现在又嫁了个人，据说比宏业岁数还大。

我为这个原本不易走到一起的家庭的解体感到惋惜。我想安慰宏业几句，却不知从何说起。我不能确定宏业父子今后的命运会是怎样，但我知道，他们犹如航行在波涛中的一艘小船，实在缺少抵抗风浪的能力，虽然他们对于港湾的要求既不遥远，又不奢华。

2013.12.19

兴化，那些事儿

随作协的几位老师去兴化玩儿，我们先参观博物馆，看板桥故居，然后在谷怀、野鹤等兴化作协的朋友的陪同下到缸顾看菜花。回来后，我感佩这块神奇土地上近年来的迅速发展，更为它两千多年的历史、它的人杰地灵、它的深厚文化底蕴所叹服。一些关于兴化的记忆片段，从脑中浮现。

我对兴化的最初的了解，来自我的一个远房伯伯。伯伯叫学全，他十多岁的时候去兴化一家饭店做学徒，二十出头，已经是兴化城里小有名气的掌勺师傅了。后来，和一位当地姑娘结婚生子，建起了自己的小家。第二次世界大战日本投降后，这里仍战事不断，加之老家的母亲年事已高，伯伯又是长子，他便带着伯母及三个孩子回到了老家。学全伯伯以自己做菜的手艺，不仅为村里村外的乡亲提供了许多无偿的服务，而且带出了不少会烧淮扬菜的土厨师，对当地饮食文化的发展功劳很大。烧菜之外，学全伯伯还从兴化带回一肚子评话传奇。夏日纳凉，冬夜取暖，一屋子人围着，听他说书，说施耐庵的《水浒传》，说罗贯中的《三国演义》，说郑板桥，说扬州八怪，说乌金荡。虽没有王少堂、单田芳的口若悬河，却丰富了那时乡间文化生活。我的古典文学启蒙，从学全伯伯这里得益不少。

伯母高挑的个儿，气质和乡下人有着明显不同。她皮肤不算白，却很细腻，挽个髻用网兜套着。我最难忘记的是她的声音。只要有人到她家里，她都一边端出凳子，热情地叫你“坐，坐”，一边忙着给你倒茶。那个时候，我们一个村子里，只有几家有热水瓶，她家不仅有热水瓶，还有烧炭的炉子。一年四季，天天不缺茶水。而村里绝大多数人家，口渴了，便喝汤罐里的温水。有月亮的晚上，德强德富兄弟和我们一起玩儿，伯母找不到他们了，就站在自家门前喊，一声悠长的“四娃”或“三娃”，能传遍整个村子。

学全伯伯所讲的兴化乌金荡的故事，我至今还记得。说兴化有一户人家，很穷，但在京城有一个做大官的至亲，这家儿子千里迢迢赴京向这位至亲寻求帮助。这位大官问了这家儿子一些情况，便把其晾在一边。几天后大官召见，竟拍案大怒：“不好好在家伺候二老，这么远跑来找我，想你必是游手好闲的浪荡之人。”于是，下令给其戴上木枷，用铁链锁上，派两个差役将其押送回家。大官还修书一封，叫这家儿子到家后交给老父方可拆看。

一行人行至兴化城外的一片水泊，儿子跪下哀求两位差役，帮其打开枷锁。白跑一趟不算，还遭此等侮辱，他怕到家后老父见了会被活活气死。两位差役想想也是，心生同情，便打开木枷上的锁，随手把木枷上的铁链子扔进了水中。儿子到家后，让老父打开书信，一看便哭笑不得。原来，大官怕他路上遭遇盗贼，也怕这儿子居财不义，有了钱便乐不思蜀，便用乌金做了一条“铁”链，派人护送回家，让他们将这条链子变卖后购置些田产，好好经营。后来，不知多少人来这片水域打捞寻宝，乌金铁链终没有找到，但乌金荡的名字却越传越远。

大概是初中毕业无学可上的那段时间吧，生产队要到兴化买打谷场上用的扫帚及板锨，我出于对兴化的好奇，表现积极，得以和当时做生产队会计的学友叔叔一起前往出差。现在，从我的老家到兴化城里，八十多千米的路，一小时基本搞定。但那时，竟走了满满一天。早晨八点半，从西团轮船码头上船，中午在白驹下船，午饭后，转乘下午两点从白驹返回的兴化班轮船。一路走走停停，到兴化已是夜色茫茫。轮船驶进一片开阔的水面，听船上人说，这便是乌金荡。当晚，在北门外的轮船码头下船后，我们在附近寻了一家小旅馆住下。

早晨，我和学友叔叔在一家茶馆吃了一碗面条，便去街上买需要的东西。那时靠近轮船码头一带的街道，有四五米宽，但连着主街道的小巷子，只有两米左右，有铺着石板的，也有铺着青砖的。我们走了好几条街，才找到一家卖农具的店铺，却是所有的东西一律凭券购买。本不想打扰学全伯伯的亲戚，无奈之中，我们只好按照学全伯伯写给我们的地址，找到他的亲戚家寻求帮助。学全伯伯的亲戚是一家集体企业的职工，哪里能弄到券呢？他和我们一起又走了几家卖农具的店，一样的无功而返。第三天早上六点，我们乘开往白驹的轮船，原路返回。

之后三十余年，我再也没有来过兴化。倒是我的父亲，来的次数不少。

父亲的舅舅，即我的舅爷爷，被国民党抓了壮丁，一天晚上，在经过一片草地时，被埋伏在那里的几个民兵击毙。爹死娘嫁人，留下一个孤女跟着奶奶，即我父亲的外婆。一日，奶奶从田里做活回来，村里村外都找不到孙女，以为掉到河里淹死了。时间长了，此事便不再提起。

但在二十世纪八十年代初期，终于得到了消息。这位当时以为淹死了的我的表姑姑，在河边哭泣的时候，被在门前河里打鱼的兴化渔民发现，被捡上渔船带回了兴化。表姑姑长大后，嫁给一个做小生意的，生了两个儿子。一个考上清华大学土木工程专业，毕业后被分配在兴化某机关工作，一个在乡下做基层农村干部。二十世纪七十年代末，表姑姑回来寻找失散多年的亲人。她费了好多周折，找到了我的父亲和我父亲的姨兄恒民伯伯。表姑姑 1985 年去世，在她去世之前，父亲、叔叔和恒民伯伯，姨弟兄仨每年都来兴化看他们的表姐。

一千多年的串场河汩汩流淌。河西是泰州的兴化，河东是盐城的东台与大丰。而历史上，大丰一直属于兴化。大丰和兴化，都是施耐庵的故里，都有施耐庵纪念馆，这一点都没错，原因很简单，因为历史上的兴化白驹已经成为现在的大丰白驹。仅就这一点，不难看出兴化与大丰之间的密切联系。无论是方言俚语，还是文化习俗，兴化，都与一河相隔的大丰有重要的历史渊源，是老辈大丰人抹不去的记忆。

2014.4.22

午餐不免费

（一）

做完老年健身操，领操的刘老师通知："明天请你们吃午饭。"大家疑惑，刘老师说："是这样的，明天有个甲苷素文化节在木渎举行，先看节目，后吃饭，我请大家一起参加——不要买产品，只要去看看，如果一定要买产品，我就不请你们去了。"十几个人，刘老师一个个地落实。我对这类活动本没有兴趣，便以第二天有事为借口，说不能来了。其他人也有好几位没空参加。

八十三岁的刘老师，退休前在哈尔滨一所医学中等专业学校任教，有四个子女，大女儿去了美国，二女儿在广东，儿子（老三）在江西，小女儿在苏州。刘老师就在几个子女家轮流住。她在美国住了半年，前不久才回到小女儿家。有一次，我和家属一起散步，看到她带着十多个人在做健身操，便走过去跟着做。这一做竟然做出兴趣，之后每天吃过晚饭，就过来和他们一起做了。说也奇怪，我这被大医院医生、小诊所郎中都医治过的不见起色的肩周炎，因为做了一段时间的操而明显好转，继续做，居然基本好了。

见到答应去的人不多，我改变了主意。我对她说："这样吧，我把事情处理一下，晚点儿去。"刘老师非常高兴，说："那好，我帮你把座位留下。"

第二天上午十点多，我赶到了活动地点所在的石家大酒店。一个很大的厅，摆着五十多张圆桌，有的桌子坐满十人，有的八九个人。大厅一端的舞台上，正在表演节目。节目有唱歌，有朗诵，内容都是甲苷素用户现身说法，介绍服用甲苷素之后取得的良好效果。我并不想关注这些，只是在手机上四处“溜达”，在微信群里说说话。过了十二点，服务员开始上菜、上酒和饮料。但舞台上却一直未停，又是抽奖又是发奖的。我因为开车，不能喝酒，很快便吃好了饭。我问刘老师活动什么时候结束，她对我和另外两个人说：“你们先走吧，这里估计还得一会儿呢。”于是，我起身告辞，回家。

晚上手机收到车辆违章通知：直行道上左拐，罚款两百，扣三分。这才恍然想起，在从石家大酒店出来之后，红绿灯路口，左拐，我却没有走到指定的左拐道上。

（二）

午休之后，到篮球场打球，投了十几个球，一身大汗，我便在球场休息。球场另一端，一“老”一小正在一起玩电动汽车。我走到“老伯”面前，问：“这小朋友几岁？”“老伯”说：“四岁。”小孩留着长发，但看起来却像个男孩。我问：“这是您孙女还是孙子？”“老伯”盯了我一眼，说：“这是我儿子。”这时我才注意到，“老伯”虽双鬓皆白，但脸上并不显老。见我惊愕、尴尬，“老伯”说：“这是二子，大的已经在大学读研了。”接下来，经不住我刨根问底，“老伯”向我讲述了二子的故事。

“老伯”五十四岁，老家在东北。当年夫妻俩开一个卖水果的小店，女儿在南方读大学，三口之家，日子虽不算很宽裕，但还能对付。这当儿，已落实节育措施的老婆意外怀孕。老婆要去医院把孩子做掉，“老伯”却有了自己的主意：不如去南方女儿上学的那个城市，偷偷地把孩子生下来，万一是个儿子，正好了却他的一份心愿。于是，夫妻俩转让了店铺，背上行囊来到了这个靠近苏州的滨湖城市，租了一套上下两层的临街房子，上面住家，底下经营电器产品。

老婆来南方后，肚子渐大，“老伯”又要经营店面，又要照顾老婆，好在星期六、星期天女儿能回家帮把手。最麻烦的事情是老婆快生了，却因为没有准生证不敢去医院。“老伯”想到老家有一个在村里做过接生员的表嫂，便打起了她的主意。他特地回了一趟老家，向表哥表嫂求助，请表嫂来帮助接生。表嫂不肯，说已经好多年不做这事儿，担不起风险，但经不住“老伯”一再恳求，只好答应一同前来看看。该“老伯”夫人走运，在表嫂来的第三天，她就在表嫂的土法协助下，顺利地生下孩子，而且是个儿子。

之后的事情一切顺利。电器生意做得红红火火，赚了一笔钱，在苏州房价还没有开始大涨的时候，买了房子。儿子一天天长大，胖乎乎的，活泼可爱。女儿去年研究生毕业，通过了苏州一个单位的公务员考试。

我问他儿子生下来怎么上户口，有没有被处罚。他说，儿子生下来没几个月，他就带着老婆孩子一起回老家“投案自首”，主动要求接受处罚。乡里干部见他表现好，又愿意一次性交清罚款，按标准减免一万，罚了他十五万元，给他儿子办了户口。他说：“打防疫针，上幼儿园，以后上学，没有户口都不行的。”停了停，他说：“要是等到现在（指文章写就时，编者注）就好了，现在上面号召生二胎，好多人都不肯生呢。”

（三）

小区每个楼道外的垃圾桶旁，经常堆放着旧纸板、塑料桶、弃置电器用品等可回收的生活垃圾。打扫卫生的人便近水楼台，将它们归类收走，卖些钱，也算是对工资不高、工作辛苦的一点儿补偿。但废品价格上涨，不少业主眼热了，看不得别人“发财”，纷纷加入拾荒者的队伍。他们中有些人，白天或者晚上，总在小区里围着垃圾桶四处转悠，一有发现，便不失时机地从可回收的那只桶里捡走自己需要的东西。有些人，白天不怎么行动，但一到晚上，便借着夜幕的掩护，加入“淘金者”的行列。

王阿姨的儿子和女婿，都有自己的公司，她老公退休后被企业返聘，拿着两份薪水。看她的穿戴，也属于比较上档次的那种。那天晚上，我正巧看到她从一个垃圾桶里朝外面捡东西，便和她开玩笑：“丢给人家捡捡拉倒吧，家里人都是老板，要这么辛苦干吗？”她不好意思地笑笑，说：“捡的人多呢，动动手，块把多钱就来了。再说，跟别人要钱，哪有自己有方便？”

张阿姨是安徽淮北的，那天我打完球坐在球场外面的一张长凳上休息，看到她手里拿着一个空的五升容量的塑料桶，从我面前经过，便和她拉呱，问她拿个塑料桶去哪里。她说是捡的。我明白了，便问能卖多少钱。她竖起两个指头：“两毛。”我不知道她家的经济状况如何，但我知道她家有两辆小汽车，一辆宝马，一辆奥迪。我故意找话说：“这两毛钱放在口袋角落里还摸不出来呢。”她说：“积少成多啊，我每天捡两毛钱没问题的——够我买两块豆腐了。”

扫地的老李在扫垃圾桶外面的垃圾。我问他：“有人到垃圾桶翻捡垃圾，这对你们打扫卫生有影响吗？”他说：“当然有啊，有人捡的时候比较自觉，会把翻了溢出来的垃圾弄到里面去，没有人的时候或者晚上，有些人一点儿都不自觉，有用的拿走，没用的就扔垃圾桶旁边。”我说：“这些捡垃圾的业主，没几个是经济上困难的。”老李笑笑：“这就别说了，别墅区的几个年纪大的，都来捡呢，住一千万的别墅，这点破烂都不肯放过，还没我这穷老头子看得开。以前没别人捡的时候，我都叫老杨拿去卖，他除打扫卫生的工资之外，没有一分钱，我另外还有千把块钱退休金呢。”老杨是另一个和他一起打扫卫生的。

（四）

现在不少机关单位都有自己的食堂。中午下班，职工到食堂吃饭，两三道菜，一个汤，极普通、极家常的那种。每个人发一张卡，卡上每月由单位充上两百元，按实际上班的天数，差不多每天十元，类似于市场盒饭的价格，便宜实惠，给上班一族带来了不少方便。这种情况始于是国有企业的供电公司。六七年前，我上班时，经常到供电公司办事，中午就常常被请到食堂吃这种工作餐。

前一段时间我一个人在老家，懒得开伙，到处蹭饭。孙子的舅爷爷把他的一张饭卡给我，让我不方便时去他们的定点食堂吃，他自己回家吃。我吃过两天午饭之后，过意不去，把卡还他，并表示感谢。他说，不要谢，反正自己也没花钱，是单位发的。我说："你错了，现在严格执行八项规定，不能随便发钱发物——这钱本来就应该是你的，至少是你应该得到的福利。"他听不太明白，我继续说给他听："比如，每个在职人员都要缴纳工会费，这缴纳的工会费，有一部分就应该是返还职工的福利。此外，还有节假日加班补助，虽然国家有明确的标准，但我上班时就从来没有拿过。"我和他开玩笑："总之，我只领你的情。"

是的，天下哪来免费的午餐？如果我们承认尊严的价值金钱无法买到，那么，即便靠别人施舍生存的叫花子，他们支付的餐费其实也是非常昂贵的。你免费吃到的，一定也必须是你应该得到的，这样，吃下去才会坦然，而且吃的时候不要太贪婪，饱了还要吃，吃下去不会舒服。如果你一定要说有不少人确实吃到了免费午餐，那么，我告诉你，那是先吃饭后付费，账，或迟或早，一定会算的。

2018.9.27

走过红绿灯

小区前面是一条八车道的宽阔马路，出小区左拐数十米，便是一个交叉路口。或乘车，或步行，都要经过那里的红绿灯。直行的绿灯，亮着，六十秒后，切换为红灯；左拐的绿灯亮起三十秒，然后切换。然后是交叉方向飘绿通行。然后又是直行的绿灯亮起，交替轮流，变换不息。

在这里，时间被切割成碎片，被几十秒、几十秒地抛向身后。过往的行人和车辆，不停地捡起这些碎片，匆匆地编织自己或者带着阳光、或者浸着月色的梦。虽说我知道即使没有这红绿灯，我们的日子也一样会一刻不停地溜走，但那是一种缓慢的不易觉察的流动，宛如头顶上的太阳，从高远而混沌的天空走过，它会在我们不知不觉中由朝而暮，我们看不到它的脚印，因而就会少掉许多生命流逝带来的伤感。可是现在，每捡起一块碎片，就如同跨过生命之路上一个清晰的刻度，有限的时日，怎经得起这永无休止地撕扯、割戮，一刻不停地弃掷、抛扔？

红绿灯切碎了我们走过的每一个日子。当三百六十五个日子被切完，地球绕着太阳走过一周。这个叫作年的时间单元，便翻开新的一页。周而复始，年复一年。人类不知时间起于何时，在距今约六亿年的寒武纪之前，还有更为漫长的前寒武纪。自然，人类也无法窥见走向未来的时间的边缘。如同空间没有边际，时间也没有起始。如此看来，人的一生的几十年时间，岂不就是被时光的红绿灯放行的那极其短暂的几十秒？

才拿到驾照的那阵子，最怕过红绿灯。那次把车子停在左拐道上等绿灯放行。这里红绿灯的时间设置，左拐放行时间竟然只有二十秒。前面的十几辆车子，分了两次才渐次通过。我的车停到了最前面，绿灯亮了，一加油门，车子却熄火了，这是手和脚动作不协调所致。这种新手过红绿灯时容易熄火的车子，使用的是手动档。现在新出厂的各种品牌的车子，一般都换上了自动档，这个问题，便基本可以避免。但是，过红绿灯时需要比正常道路行驶有对路况更准确的判断，有更多的谨慎和机敏，则是无论驾驶何种车子都必须做到的。

绿灯行，红灯停，这是车辆和行人必须共同遵守的规则。但情况总有例外，譬如 120 救护车，常常用喇叭不停地呼喊着，一路冲过，这是常人对病人的人道主义关怀的体现。还有警车、军车，享有普通车辆必须让渡让其畅通行驶的权利。社会运行的基本规则，在这里，得到了最直观的体现。

很少看到普通车辆闯红灯，至于普通行人，中国式过马路则时有所见。那次，红灯亮起，车辆和行人都缓缓停下。一个骑着电瓶车的小伙子，见交叉方向的路上车辆不多，电门一加，便朝前驶去。一辆左侧驶来的轿车，猝不及防撞上了电瓶车的屁股，小伙子连车带人倒在地上。据说那个小伙子经抢救脱离了生命危险，但这惊魂一幕，却在我的记忆中挥之不去。

漫漫时空，茫茫宇宙。有形而下的红绿灯，更有形而上的红绿灯，在我们前行的道路上，它们不断地出现，不停地闪烁。每一次闪烁，既是提醒，也是指引，引领我们向着生命的高地前行，也引发我们对生命意义的思考。

2018.10.11

寻访张阿姨

张阿姨是我三十年前的邻居。

1992年初，我从乡镇调进县城，被临时安排住在县招待所。儿子也带过来了，在逸夫小学上学。有小孩，而招待所不能自己开伙，诸多不便。我便寻思到逸夫小学附近租房子住。一天下班后，到学校后面的居民区里转悠，打听寻找房源。我遇到了一个在门口刷鞋子看起来和我母亲差不多年纪的妇女。我对她说："阿姨您好，我想在这里租房子住，您家、或者您知道哪家有吗？"她不直接回答，却查户口似的问我："你为什么要来这里租房，你做什么工作，在哪里上班，一共几个人住。"我一一作答之后，她说："我可以帮你找找问问，找到的话，我怎么告诉你？"我说："我明天下午下班后来这里听您消息。"

想不到的是，第二天上午，她竟然找到了我的办公室，告诉我房子有了，是一个姓金的老板的家，说中午或者晚上，可以带我去和金老板谈。后来的事情非常顺利，我以单位能够承受的价格，租下了金老板家空着的两间房子。之后，我便和这位阿姨——张阿姨成了邻居。我租住的房子的东墙外，有一条巷子，巷子前面一排最西面一家，离我的租住屋十几米，三间极普通的红砖青瓦房子，便是张阿姨家。我刚搬来的那几天，家里一片零乱，张阿姨有空就过来帮我收拾安顿。她说，以后有什么不便，尽管找她，尤其叮嘱，忙的时候，可以把孩子给她照顾。

后来渐渐熟悉，我知道张阿姨和她的先生都是县皮革厂的职工，她在企业改制时已办了退休，她先生还在改变了性质的企业继续上班。张阿姨是老居民，二十世纪五十年代被下放到当时的裕华公社。在农村劳动时，她入了党，还做过村里的妇女主任。前程看好之时，却随军去了先生的部队。在那里，有了他们的女儿小宏。后来，先生从部队转业，他们便双双回到老家，进了曾风光一时的皮革厂。那个年代时兴自己建房，他们获准在这块当时属于近郊的地方盖了房子。

张阿姨大大咧咧，常常是未见其人、先闻其声。她闲不住，基本上每天都要到居委会去，揽一些自己能够帮助做的活儿，譬如检查卫生、上门调查之类的事儿。上菜场买菜，总要问问左邻右舍，要不要顺便带点什么。有人向她问路，她会把人家一直送到要去的地方。

我那时工作经常需要下乡，而家属尚在老家所在的乡镇，孩子中午放学，便到张阿姨家吃饭。开始是我主动求张阿姨帮助，后来张阿姨常常在我要上班的时候，主动过来问我要不要下乡；甚至连我自己都有好几次在下班回来遇到她，被喊过去吃饭。

我在这里住了两年之后，有了单位分给的房子，便搬家离开了这里。之后，即便同在小城，也很少有机会见到她了。在搬走一年多之后，去她家玩过一次。这次听到了一个不太好的消息：她的女儿和女婿离婚了，女儿带着孩子，和他们住在一起。

之后再遇张阿姨，是在 1998 年夏天。我工作调动，新单位就在靠近张阿姨家的那条街上。一次在单位前面的路上和她相遇，问了一些情况，他们还是两老、一大、一小，四位一体，生活基本安定，外孙已经上幼儿园了。

2002 年机构改革，单位合并，我又去了新的地方上班，这之后，就没有见到过她。想到她家去看看时，她家已经拆迁，包括逸夫小学在内的那一片区域，原来的所有房子、道路，一个有几千平方米大的池塘，都无迹可寻，代之而起的是一个当时规模较大的多层小区——长乐小区。

张阿姨的新家，应该就安置在这个小区。

大约十年前，到住在这个小区的文友老束家玩儿，向他询问，他说一定有张阿姨这个人，但不知其具体住在哪幢哪个单元。再后来，我去了苏州，偶尔会想起她，但一直没有得到她的任何消息。

这次回丰，那日吃好晚饭，沿着幸福大街散步，走到大润发东面，一家挨一家的门面中间，一个长长的通道，是长乐小区南入口。我犹豫了一下，站在那里。家属问：“干吗？”我说：“我们进去走走，看看能不能找到张阿姨家。”她说：“上千户人家，你到哪里找？”但我们还是带着试试看的心理，走了进去。

晚饭时间，纵贯南北的小区主通道上人不多，我遇到人就问，可连续问了几个，都一无所获。在走到第三排的时候，遇到一个迎面走来的大妈，问她，她说，张奶奶啊，她住在小区最北面，但不知是几幢几号。我们继续朝前走，到了最北面一排，路西有一个修理电瓶车的小店，我又问修车师傅，他说他经常看到她打扫这前面的道路，估计就在这附近吧。目标缩小了，但即便就在这附近，我也无法一家家叩门询问。最关键的是，这个时候除了从人家窗户溢出的灯光，我的眼前空荡荡的，没有一个可以询问的人。

正准备从北门走出小区，前面被问过的那个大妈来了，她边走边说：“我特地帮你们问了几个人，问到了。”于是，按照她告诉我们的门牌号码，我们从一个单元楼道走了上去。

站在张阿姨家门口了。我极力回忆当年的她，想象着她现在的模样。然后，抬起手来，在门上笃笃地敲了两下。门开了，一股酒香扑面而来。餐桌上一个酒瓶，一个酒杯，几个装着菜肴的盘子。这个停下享用晚餐走过来开门的是她已略显龙钟的先生。不和他家做邻居之后，我们再也没有见过。我都快认不出他了。他打量着我，问：“你们……”我说：“您是陈师傅吧，张阿姨呢？”

没等他回答，张阿姨从厨房里出来了。她明显老了，当年脸上浅浅的纹路，有了许多深深的褶皱，头发已经花白。愣了大约两秒钟，她便认出了我们，兴奋地走到我们面前，拉着我们的手，却转向陈师傅：“你认不出啦，他们是朱老师一家子。”陈师傅认出来了，邀我们和他一起进餐，并吩咐张阿姨快再做两个菜。

得知我们已经吃过晚饭，张阿姨迅速地拿掉丢在沙发上的衣服、杂物，请我们在上面落座，然后又是倒茶，又是拿水果，估计家里能拿出招待我们的东西，都被她拿了出来，把茶几堆得满满的。我为来得不是时候而感到过意不去，说影响他们吃饭了，她说：“饭天天吃的，多少年不见你们了，想不到今天你们竟然找到这里，肚子都高兴饱了。”

我们彼此聊了一些这些年的情况。张阿姨问我儿子多大了，在哪儿做事，儿子生了几个孩子，上学没有，还说起了儿子小时候在她家时的一些趣事。我也问一些他们的情况。让我为他们高兴的是，这些年来，她和陈师傅一直都很健康，没有生过大的毛病。她今年八十三岁了，腿脚还好，平时做做健身，偶尔参加参加小区里的公益活动。陈师傅今年八十四岁，喜欢钓鱼，一年四季，除了天气不好，每天都出去钓鱼。

更让我高兴的是，她的女儿和女婿已经复婚。女儿女婿离婚之后，一直没有重组家庭。张阿姨说，他们虽然离婚，但外孙的奶奶和她女儿，一直正常联系，且相处很好。2015 年，借外孙考上了大学的机会，双方亲友做工作，两个人终于破镜重圆，现在住在离女婿单位不远的一个小区里。

为了让张阿姨和陈师傅吃晚饭，我们果断告别。张阿姨坚持把我们送到楼下，又执意把我们送到小区北门外的路上。她先怪我们不早点来，然后一再邀请，要明天一定来她家吃午饭，我说明天就要回苏州了，她叮嘱下次回来一定来玩儿，我答应了，她又补上一句：“不要吃了饭才来！”

2021.11.1

第四辑　近踪远影

在城市的边缘

城市是一个巨大的金字塔。金字塔的高端，大多数人无缘身临其境，只能站在地面，偶尔抬起头，白天，看云朵从塔顶飘过，夜晚，看灯光从窗口溢出。金字塔的底层，是许许多多普通人最日常的市井生活，清贫、简朴、单调。他们中有许多人离开农村，浪迹城市，但却未被城市接纳，是城市的边缘人。

（一）泊在“天堂”

苏州古运河因万商云集而成为天堂，古运河水面开阔，水势汹涌，由西向东，浩浩荡荡地流过。河的对岸，石湖像一个恬淡安静的少女，傍依着葱郁的上方山，露出秀美的容颜。我和晓舟沿着河边栈道向东，打算经过友新运河桥到湖边走走。但我们发现一艘泊在河边的大船，船舷前面有显眼的“盐城港”字样，一下子抓住了我们的视线。是老乡！我们改变主意，朝大船走去。船主人穿一件白色的两条筋背心，坐在紧挨船沿的岸边的一张方凳上，正打量着我们。

“你是盐城的？”晓舟问。船主人答：“是的，盐城建湖的。”“建湖哪里？”我问。“恒济。”他的回答让我立马想到了我的师范同学老萧，恒济是他工作过的地方。我说起老萧的名字，船主人说，他和老萧不仅熟悉，而且有过多次接触，是很好的朋友。于是，我们的距离一下子拉近。我们到船上参观，船主人陪我们热情地拉呱。

船主人老吉原来是建湖县恒济镇一个村子里的民兵营长，是退伍军人。我的同学老萧是镇上的计划生育助理。本来，他们偶尔遇到，点点头互致问候而已。但二十世纪八十年代后期，大女儿已经上初中的老吉，老婆带环怀孕，而且发现时已经怀孕三四个月了。民兵营长大小也算村里的干部，自然要带头实行计划生育，所以，既是计划外怀孕，就必须到医院进行处理，施行引产手术。但是，任镇干部、村干部怎样做工作，老吉的老婆死活不同意。做不下老婆的工作，老吉悄悄地把女儿托付给了爷爷奶奶，在一个夜晚，带着老婆不知去向。一年后，他们带着出生不久的儿子，回到村里。

老吉工作丢了，还要接受一笔六万元的超生罚款。老吉说，按账算，得罚七万元，感谢老萧帮忙，七折八减，减掉了一万。老吉四处借钱，凑齐了四万元，还欠两万，就提了两瓶酒来老萧家里，希望剩下的两万缓期一年交付。老萧没有收他的酒，但答应请示一下领导。结果领导没同意，老吉一咬牙，把家里的房子卖了，还清了罚款，余下一点钱，买了一条五六吨的水泥船，以船为家，到苏南跑运输了。

如今，女儿早已出嫁，儿子也已成家立业，老吉的小水泥船换成了我们正坐在上面的三十吨的大船，有一台三十匹马力柴油机带动的推进器，算是鸟枪换炮了。六十九岁的老吉眉清目秀，脸色白里透红，看起来挺有精神。他告诉我们，现在他的船就正常泊在这里。他用手指指岸上的建筑，告诉我们，那是垃圾站，他的工作就是每周两趟，把这里的垃圾运到二十千米外吴江的某个垃圾填埋场。他说，活儿还算轻松，用的水和电都是接的垃圾站的，剔除各种开支，一年还能落个几万元。我们问他怎么一个人时，他说老婆到街上买菜了，马上回来。我们起身告辞，他真诚地留我们在船上吃饭、喝酒。我们执意离开时，他一再叮嘱有空来玩儿。

（二）厕所为家

从老乡的船上上岸，索性向着石湖大桥西行。晓舟走在前面，在一间公厕前面停下。晓舟说："看看这里吧，也是老乡。"晓舟家在附近，对这一带很熟悉。我们走进去，洗个手，走进了厕所一侧的"房间"。一个六十岁左右的女人在里面整理地面，瞥我们一眼，继续做她的事儿。"你好！"晓舟和她打招呼。他们显然熟悉。她点点头，指指一旁的沙发，示意我们坐下。我仔细看，这不是普通的沙发，收起可坐，放下可睡。晓舟告诉我，她晚上就睡在这上面。

环顾"房间"，挨着沙发一端的墙边摆着一张简易的桌子，上面放着一台电视机，沙发对面的窗子下面有一个窄窄的长桌，底下有柜子，上面是一些零乱的杂物。看我们在沙发上坐下，女人停下手里的活儿，问晓舟："今天怎么这么早就出来散步了？"晓舟回答："朋友来玩儿，陪他出来走走。"晓舟告诉她我也是老乡，她朝我客气地点了点头。

我问她吃饭在哪里，她说："就在这里做呀。"见我有疑惑的神情，她接着说："不允许在这里做饭，只能偷着用电饭煲烧饭，用电磁炉烧菜，发现了要被罚款的。"我问她一个月多少报酬，她说一个月两千元，天天上班，清明节、中秋节等小节日，增加一百元，过年多发五百元；老夫妻俩的任务，就是保证一年 365 天厕所天天干净卫生。

这时，有人进来。她立即介绍："他爷爷回来了。""他爷爷"朝我们点点头，"他奶奶"继续说话："也是没有办法，好歹有个落脚的地方吧。"

离开他们的"家"，晓舟告诉我，这老两口儿是淮安的，靠近盐城的阜宁。晓舟说，别小看这份工作，能基本解决吃饭问题，还能解决住的问题——要是在附近租一个这么大的地方，一个月至少得五百元，还没有这里干净、清爽。

我问晓舟："他们这么大岁数了，有子女吗？为什么不在老家安度晚年？"晓舟说："他们家庭困难，儿子三十岁开外，才谈上对象，求亲戚帮忙，四处举债，总算为儿子办完婚事。不想那个才过门的儿媳妇，对他俩横竖不顺眼，逼着他儿子和爸妈分家，不分家就走人。他们别无居所，无奈中，老两口儿外出谋生，几经辗转，流落到这里。”

（三）“微山湖”的故事

这位在小区外的街上卖菜的男人，刚到知天命的年纪，脸上却“沟渠纵横”，他的一个指头总是蜷着，据说是得过小儿麻痹症。冬天，一件绿色军大衣包裹着，夏天，老式短裤，上身总是赤裸。

第一次和他接触，是送宝宝上学后来向他买菜。菜称好了，两元，准备付钱，摸口袋，才发现忘了带钱。和他协商：“我是送宝宝上幼儿园的，忘了带钱，能不能明天送宝宝上学带给你？”他不假思索地说：“不可以。”我怏怏地离去。

后来就不跟他买菜了。对面的菜摊，一个四十多岁的女人，卖菜时嘴上叼着香烟和客人说话。一次，她对我说：“看你去过瘸子那里？”“瘸子？”我问。见我不解，她说：“他手有残废，我们就叫他瘸子。”之后，我再也没有来过她这里买菜。

再来“瘸子”这里，买的是一根莴笋，一元五角。我给两元，他找零，我不要，他不肯，我说：“留着以后再买。”我又一次来的时候，他特别热情，硬是坚持从菜款里减去上次的五角钱。我已走了，他喊住了我，说：“对不起，上次我不够意思。”我说：“不怪你的，我们不熟悉，我就不应该向你赊欠的。”他说，有一次，一个年轻人匆匆走来买菜，挑了二十多元的菜，说忘了带钱，马上送来，菜让他拿走，可他却再也不来了。我说：“你别介意，我能理解。”之后，我都在他这里买菜。对他，也就渐渐地熟悉，知道他家在山东微山县微山湖畔。

去年春节前七八天，我又来买菜，却见店面洞开，摊位一派凌乱。一打听，令我大吃一惊。据说他突然走了，还欠着近千元的房租和一个帮助打理摊点的帮工的工资。我顿生悲哀，我以为，如果没有很特殊的情况，他不会突然离去。

果然，春节后没多久他又来了。我问缘由，他告诉我，他八十三岁的老母亲病危，他哥哥凌晨打来电话，叫他速速赶回。匆忙之中，他连门都忘了关。他来到挨在一起的房东门前，想敲门，犹豫一下，门缝插进一张纸条，就去了车站。

大约两个月前，我又来他这里。他告诉我，他不准备在这里卖蔬菜了，生意不好做：早晨三点多，就去几千米外的金桥市场进货，回来就忙着摆摊，即便没有生意，也得守着。原来有两家卖蔬菜的，生意就不好，又增加了一个专卖蔬菜的小超市，所以他常常把卖不掉的蔬菜扔掉。他说，准备用进货的小拖车做流动摊点，一个月能省几百元店面租金。我问："流动摊点，你不怕城管检查？"他说："没办法，到哪儿说哪儿。"

我把电话号码给他，让他有事和我联系——我无力帮他，但至少可以给他提供一个倾诉的地方。他拿出手机，用残疾的右手，把我的电话输入他的手机。

我绝对不敢相信，才过了一个星期，我走过他原来的摊位，那个他对面的四十多岁的卖菜女人，特地喊住我："你知道吗？瘸子死了——他开着卖菜的车子过马路，被一辆突然驶来的卡车压成了肉饼。"我一时无语——他突然离世，我竟然没有问过他姓甚名谁。写他的故事，我只好模仿古人以地名名人，称他为"微山湖"了。

他们几个，有不同的经历，但异中见同，他们的根在农村，像一片被风吹走的叶子，零落、游离在城市的一隅。我和他们的相遇，纯属巧合。他们，还有我不知道的更多的他们的故事，是城市奏鸣曲里一组虽不易觉察却非常真切的音符。

2017.9.1

快乐忙年

过年忙，忙过年。一进腊月，本来的冬闲，因为过年的各项准备工作，忙了。腊八节之后，更是紧锣密鼓。

一些人家，开始杀猪。杀猪匠来了，挑着担子，一头是只很大的木桶，一头是装着刀具的篮子。烧一大锅开水，将从圈里拖出的猪架到木桶一端的凳子上。一个帮手从后面抓着猪尾巴，按着猪脊背的一侧，杀猪匠用腿挤着猪的头部，左手握紧猪嘴，右手在猪的下巴处拍拍，然后操起尖刀，用力一捅，鲜血喷出，只一会儿工夫，猪便血尽气绝。烫水，刮毛，开膛，破肚，分肉。猪肉被切成若干小块，一些赠送给亲戚邻里，其余的腌到缸里，十多天后拿出来清洗后挂到外面风干。

豆腐必定是要做的。一个五六口之家，一般取七公斤到十公斤黄豆，淘洗、浸泡，然后到邻近的豆腐店加工。磨浆，扯浆，煮浆，点卤。卤点下大约十分钟，开始浇豆皮。浇豆皮的工序较烦琐，师傅用几个逐层加高的木箱，把薄薄的卜页布放到里面，用勺子一层层浇上豆花，迂回折叠，最后将水榨干，从布里剥出豆皮。做豆腐简单多了，把豆花舀到垫着浆布的木箱里，浆布四合后覆上木板，稍加挤压，待豆腐成型后用刀依着木条一块块划开即可。做豆腐的关键技术是点卤，点多了吃起来不嫩，点少了豆腐是烂的，吃时搛不上筷子。

还要和饼划糕。和饼，即和面做饼；划糕，是划粉成糕——它们都得在笼上蒸熟，所以也叫蒸饼蒸糕。那时粮食紧张，好多人家过年只选做其中的一项，两项都做的人家不是很多。在有电力加工之前，和饼的面和划糕的粉，要分别放到石磨上磨，在石臼里舂。有了电力之后，和饼的面不用在石磨上磨了，但划糕的粉，还得放到石臼里舂，这样一直延续到二十世纪八十年代中期。

和面是将准备和饼的面倒入缸里，加入温水，和进酵子，充分搅匀后，用锅盖盖好，用稻草护着，放在烧火的锅门口发酵，一般三四个小时，本来只有六七成满的缸，便发得满满的。加入食碱，便可以生火上笼了。热气腾腾，饼香扑鼻。划糕关键技术是搓水花，需要往米粉里掺水，掺多了糕会趴下，掺少了糕划出来会泛白，烫了吃的时候会成为糊糊。在模子里成型，也是很细致的活儿。和饼求“发”，划糕冀“高”，老祖宗们的用心，何其良苦。

而孩子们最期盼的是崩爆米花。师傅朝一个大肚子铁锅里装进五百克左右的玉米粒儿或糯米，扣紧铁锅肚子入口处的卡子，一只手拉动风箱，一只手摇动连着铁锅的把手，当靠近把手的锅内压力指针指向一定的位置，便让铁锅离开炭火，把铁锅头伸进一只长长的麻袋，然后用一截圆管套住从麻袋上的一个洞子里伸出的卡子，朝围观的孩子们喊一声“响啦”，师傅拉动卡子，“砰”的一声，个大体轻的玉米花或米花就炸喷到麻袋里。

这些主要吃食被忙着做好了，享用它们的程序也开始启动。“噇”这个家乡方言，略带戏谑，在词典里被解释为无节制地吃。其实，平时吃不着，过年吃应景，四季轮回，冬春之交这二十天上下的日子，稍微放纵一下，也算人之常情。

腊月二十四送灶，过年的大幕拉开。辞年，各家用做好的鱼肉祭祀祖宗，然后一家人享用“残羹冷炙”。此外，除了年三十晚上的团圆饭，其余食物的享用，大多得等来客人时叨光了。

来客人了，要先泡炒米馃子茶，然后或是烫糕，或是让客人吃油煎糕。客人会分批次地来，这吃茶，会接二连三，但吃饭，通常会安排到一起。割一块咸肉，用咸菜垫底，饭锅上一蒸；豆腐烧白菜或青菜，炒豆皮或者烫豆皮拌大蒜，再煮点咸鱼，这在当时已经很有面子了。也有这里的饭还没吃完，那里又来了一拨亲戚，于是，主人先让他们喝茶，等这边吃好了，再做饭给他们吃。初一到初五的几天，从早上到晚上，灶膛不熄烟火的人家很多。

现在过年，从形式到内容，都已经有了很大的改变，但不变的是忙。朝锅里忙，朝碗里忙。当然，最忙的是归家的游子，千里万里的奔波，他们为的是除夕夜的一顿别有味道的团圆饭。忙忙碌碌中，人们沉浸于节日的喜庆，感受家人团聚的亲情，体会安享岁月的美好，和昨天告别，向新的一年启程。

2018.2.8

农忙时节常回家

“乡村四月闲人少，才了蚕桑又插田。”农历四月的“五一”长假，正是乡下人干农活最忙的时候。我到老家看望叔叔婶婶，来的却不是时候。帮忙吧，手脚已经有点生疏，待着呢，叔叔还要给我们做饭，增添麻烦。于是，我们把买来的东西丢下，果断告辞。返程的路上，我们却和陈小千不期而遇。他戴一顶草帽，推着一辆装满麦秸的拖车靠路边走着，和我相向而来。我在他前面刹车，停下，摇下车窗，喊他的名字。他也看到了我，停稳拖车后走过来，热情地喊我“老师”。

陈小千是我三十年前的学生。那年，我教初三语文。他们这个班五十名同学，九人考取中专，十余人考取重点高中。当考上中专的同学三年后走上工作岗位的时候，上重点高中的同学都考入高校。陈小千考入一所颇有名气的外语院校，学的是一门小语种。毕业后，分到北京一家知名度很高的单位，十年拼搏，事业有成，也有了一个幸福的三口之家。

陈小千读大三或者大四的时候，也是在老家，我曾经遇到过他。那次我到一个亲戚家送份子钱，在亲戚家门前的麦子地割麦子的人里，看见一个比较帅气的小伙子，弓着腰，很像样地割着麦子。我朝麦地里指指，对亲戚感叹道：“现在还能安心在地里做活的年轻人不是很多了。”亲戚便向我介绍：“这年轻人前几年出去上大学了，只要放假就回来帮他爸爸妈妈下地干活儿。”他说到在外上大学，我想到了家就住在附近的陈小千,一问，果然是他。二十世纪九十年代初期，大学生还是社会宠儿，上了大学的孩子，有空闲、愿意下地干活的，实在寥寥。因为此次的偶然发现，我对陈小千刮目相看。

有汽车经过，陈小千把拖车朝路边推推。他告诉我，他爸爸妈妈年纪大了，让他们不要种地，跟他去北京定居，但任凭他怎样动员，他们都不肯，说做做活反而自在。没办法，他只好趁着假期回家帮帮他们。他昨晚坐火车，正好睡觉，早晨到家就开始干活儿。我问他是几个人回来的，什么时候走，叫他安排个时间，我请他吃饭。他说：“都回来了，家属在家里陪孩子，和老娘一起做饭。”他停了停，朝我摆摆手继续说：“老师，这次没时间吃饭了，我帮爸爸妈妈收完麦子，就要赶回去。等您再去北京，一定得弥补一下，要好好陪老师玩玩。”

他说的弥补，是指我春天在北京的事儿。四月中旬，我和弟弟一起去北京玩儿。晚上，我们在宾馆，弋强提起他的初中同学陈小千。我想起一次在老家参加他们几个同学相聚，小千曾留电话给我，嘱咐我来京一定要和他联系。于是，我查到他的号码，打了过去。小千接到电话非常高兴，他说他明天上午有事儿，下午开车来接我们去他那里。我说不用来接了，我们上午出去转转，然后直接去。

翌日，我们从天安门经东长安街绕了一圈，来到距离中央电视台那个地标性建筑不远的他所在的单位。他会还没有结束，安排办公室的一位女同事把我们领到他的办公室喝茶。散会之后，他回到办公室，和我们唠一些彼此关心的话题，晚上，请我们在他单位附近的一家餐厅吃日本料理，喝清酒。晚饭之后告别时，他说明天他休息，可以开车带我们去想去的景点玩儿。我不想占用他难得的休息日，坚持谢绝了。可是，第二天一早，他仍然打来电话，要来带我们出去，我只好谎称我们已经准备提前返程。这使他觉得未能陪我好好玩儿，所以“需要弥补”。

告别了陈小千，我想起了弋强弟弟曾经告诉过我，陈小千每次回家，他们好几个同学都要请他吃饭，但他难得有空，因为他一般都选择农忙时回家，要下地干活儿。这让我不胜感慨，现在的许多人，一旦背上行囊离家，在陌生的地方打拼出自己的一方天地，便忘记来时的路，沉醉不知归处。一曲《常回家看看》唤不醒一些人内心沉睡的亲情，即便回家也只是看看，也忙得难于脱身，有的甚至连打个电话回家“看看”都找不到“空闲”。若这类人凑巧看到这篇写陈小千的小文，不知他们是否自惭形秽。

2016.12.13

清风夜半听鸣蝉

早年住在乡下，夜间常常听到蝉儿的叫声，会自然地想起辛弃疾的名句“清风半夜鸣蝉”。后来进了城，置身钢筋水泥的重围，不仅夜间，就连白天都很难听到这舒缓有致的声音，总以为蝉们忘了季节，去了某个遥远的地方，很是怅然。

这晚，我与友人小聚，酒后独步，行至河滨公园林间道上，蓦然听到久违的蝉鸣，此起彼伏。我不相信自己的耳朵，以为是某一处喇叭发出的声音。正纳闷，我看见道旁树下，一个小伙子正打着强光手电筒，把一段树枝照得雪亮。我走过去，问他：“你这是干什么？”小伙子回答：“捉蝉。”小伙子怕我没听懂，便手朝空中指指：“你听到这树上的叫声了吗，就是它们。”

这时，我终于看清，被小伙子灯光照着的，是一只看起来静卧不动、其实正在蜕壳的蝉，在灯光的照射下，通体透明，有琥珀一样的色泽。小伙子的另一只手里，拿着一个类似鱼篓的口袋，里面装了好多刚刚完成蜕壳还没有硬化的稚嫩的蝉。我问：“这东西有什么用？”他说：“吃呀，一只蝉的营养，抵得上三枚鸡蛋。”我愕然，又问：“那你把它拿了放进口袋不就得了，要等着干什么？”他说：“必须等它基本完成蜕变，蜕变一完成，立即拿下，这样的蝉，吃起来鲜嫩味美，营养价值高，才能卖出好价钱。”我问还得等多长时间，小伙子说：“快了，只要蝉的身体全部从壳里蜕出，就可以拿了。”

小时候我特别喜欢在树上捉蝉玩儿。有时候，会爬到树上，直接悄悄地把蝉逮住。更多的时候，是用一根长长的芦柴，将其顶端折成一个三角形，用细线扎好。然后到人家的屋檐下找蛛网朝上面粘，粘的多了，便有了比蛛网大得多的黏性。循着蝉的叫声，从树的枝叶间找到目标，轻轻一粘，蝉便被粘上，欲逃而不能。将其从蛛网上取下，用手指轻轻地挠其肚子，有如触动琴弦，蝉便发出清脆悠扬的叫声。停下来，再挠，再叫，终于任凭我怎样挠，琴弦再也不能发出声音。于是，便将这只倒霉的蝉向空中一抛，它便飞向高空，直至在眼前消失。再粘，再挠，然后再放回空中。

记得在树干上，我常常会看到一坨色泽透明形似玛瑙的液体固化物，有树脂的芬芳，有橡皮泥一样的柔韧。我拿出削铅笔的小刀，准备刮下来玩儿。爷爷看到了，说："那里面是蝉排出的卵，是蝉的宝宝，不可以扒的，扒了你睡着的时候，蝉妈妈会让你哭醒。"于是，我收起小刀，不敢再扒。

我翻阅了一些资料，知道如果任由蝉自然地完成蜕变，需要十几个小时，之后便能飞翔、鸣叫。随后大约一个月的时间，是其生命最亮丽、最飞扬的时期。它们会在树上产卵，产卵后不久就会死去。但从树上的卵里，会有孵化出的若虫掉落地面，在泥土中栖身，经过长达几年的若虫期，方修成正果，从泥土中爬出地面，在树上完成蜕变，实现生命的又一轮升华。

然而不知从何时开始，它柔嫩簇新的躯体被开掘为人类餐桌上的美味。我不觉黯然，如果随着人类口舌需求的不断扩大，蝉们生命的轮回都终止在蜕变的那一刻，还没有来得及硬化和羽化，就被捕猎到人类的餐桌上，那么，在万般美好的天籁之音中，不就少了让人魂牵梦绕的蝉鸣吗？

如果不仔细分辨，蝉的叫声似乎千篇一律，单调乏味。但潜心细听，其实它们有很丰富的表达。寒蝉凄切，传给人们无限的哀怨；纳凉听歌，唱的都是花好月圆；今夜偶遇，万千感慨，听来却似欲说还休。

2015.7.14

被移挪的楼房

在市区这一片林立的高楼中，有两幢很不起眼的楼房。它们都在幸福大道北侧，一幢毗邻供电大楼，一幢在幸福大桥下的建业路和幸福大道交界处。前者是市计划生育宣传服务楼，后者现在是人民医院的“二门诊”。

计划生育宣传服务楼刚建的时候，三面都是农田。主体四层，局部五层，建筑面积约三千平方米。在市政府只有几幢三层楼的1992年，这算得上是小城里的一个标志性建筑了。服务楼的设计灵感来自苏南，是一幢极有名气的县级计划生育服务楼的翻版。当时县里分管计划生育的领导曾不无骄傲地说过：“这座楼建起来，至少十五年之内不会落后。”

可是，这座楼建好才一年多，横贯县城东西的幸福大道正式列入规划。双向八车道，加上两边的人行道，路宽六十多米。于是，这幢才使用一年多的大楼，大楼对面第三中学的教工宿舍和操场的一部分，以及傍依原来的小河和道路修建的各类建筑，一概被列入拆迁的部分。对于一般民居，县政府研究确定了一定的拆迁补偿标准，然后把任务分配到各个单位，逐户做工作，难度之大，可想而知。但计生服务站作为市政府一个部门的直属单位，工作就简单多了。市财政补贴八十万元，其余由单位自己想办法，克期完成。

这楼建成时间虽然不长，但各种建筑材料，包括土地的价格，涨了不止一倍。八十万元对于新建一幢三千平方米的楼房来说，最多能完成征地和基础，况且，周边的土地都已名花有主，再征用，不仅位置不理想，连土地指标都得等着。眼巴巴地看着簇新的服务大楼将被拆掉，新建又希望渺茫，当时的计生委领导心急火燎，一筹莫展。

天无绝人之路，办法来了。供电公司有一幢新建的综合服务楼，和计生服务楼规模相当，横在这条马路需要通过的另一处地方。供电部门的领导不知从哪儿得到信息，联系上了一家专做移楼工程的建筑公司，准备把楼移到预定的位置。其成本比新建同样的楼房要节省三分之二的资金。听似神话，将信将疑，计生委领导和那家公司一联系，果然柳暗花明。在全国，这家公司已经移了上百幢五层以上的楼房。

供电公司移楼在前。那幢也是新建不久的四层综合服务楼，被转了九十度移至预定的位置。计生服务站的服务楼虽然稍大一点儿，但平行后移，技术上要简单不少。施工人员首先按照原来的图纸，在离老楼三十多米远的地方重新建好楼基。之后，便对老楼实施切割手术，将楼的主体和基础截断，再在新楼基和老楼之间整平、夯实地面，铺设好若干条轨道，又在新楼基外侧安置若干与轨道对应类似千斤顶的撬杆，随着撬杆一下一下撬动，老楼便在钢缆的牵动下，缓慢地离开原来的位置，被挪移到新建的基础之上。最后，通过焊接，使老楼主体和新楼基连为一体。移楼那天，服务大楼内工作人员照常上班，倒一杯茶水放在办公桌上，水竟然不摇不晃。

移楼技术的应用，使先于幸福大道建成的两幢楼房免于拆迁。但幸福大道上这两幢曾经有过短暂风光的楼房，现在确乎是鸡在鹤群，宛如城市交响曲中两个不和谐的音符。在移楼之后短暂的几年时间里，一幢幢我说的出名字的和说不出名字的大楼拔地而起，成为竞相亮出的城市名片。在城市的崛起中，供电公司和计生委的那两幢被移动过的小楼，面对后来居上的彪形大汉们，犹如两个身形佝偻的老人，陈旧、矮小、沧桑。

但它们是城市发展的记忆和标本。它们见证了城市建设者的魄力和气概，见证了他们为城市建设付出的智慧和汗水，也目睹了这块热土之上许多普通劳动者为建设家园做出的奉献和牺牲。

2016.1.5

小区里的老人

小区里老人很多。每天散步或者走过时都能遇到一些，或结伴而行，或踽踽独往。平时，年轻人忙于上班，节假日亦多在小区之外活动，老人，便成为小区里随处可见的一道特殊风景。

小区里有一片小竹园，园中有一块空地，备有一个方台，台子四周有木凳。我每次经过，都看到四位老太太围坐一起，聊她们永远聊不完的、一定无关国家大事的话题。有一次，我也走进去和她们聊了几句，并为她们拍了一张合照。她们中年龄最小的七十八岁，最大的八十六岁，一律耳聪目明，干净利落。我无法把照片发给她们，因为她们使用的都是只能接听电话的老人机。

有一位老太太的年龄也在八十岁上下，身体没有经常在竹园里的那几位好。她每天拄着四脚拐杖，围着两幢楼之间的花圃行走几圈，然后，把拐杖打开，变成一把椅子坐在上面休息。冬天，追着太阳，夏天，赶着阴凉。有时候，她选择坐在路边固定的长条椅上，把自己的拐杖椅子搁一边。她只要坐下，便会打开一个收音机，听里面播放的各种戏曲。

那天挺有意思。我遇到一位年纪不小的大爷，摇摇晃晃地朝我走来，竟然连拐杖都没带，身边还跟着一只打理得清清爽爽的狗。还能遛狗？我正感到奇怪，后面出现了一个四五十岁的男子，抽着烟，慢慢地跟着老人和狗。我问他："这老先生是您的——"男子回答："这是我爸，九十一岁了，我平时上班，没时间陪他，不放心让他一个人出来，今天正好休息，带他到外面透透气，顺便遛遛狗。”他老爸舒展开脸上的皱纹，说出一句倒算贴切的话：“也遛我呢。”

连下了几天的雨，天气放晴，早饭后，我到楼下走走，遇到一位好像还没见过的大爷。他的气色挺好，脸红润，人精神，但从走路比较缓慢的情况看，似乎有过轻度中风之类的疾病。我微笑着和他打个招呼，问他高寿几何。他用手连着比画了两下，我看出来了，问：“您八十六岁？”他点点头。看他并没走远，只绕着花圃散步，我放弃了原来的行走路线，和他一起慢慢地走了十来分钟，听他讲述他安逸的晚年生活。

他告诉我，他有四个女儿，都嫁给了本地人。当我疑惑他是外地人时，他说他老家在城里的盘门附近，几个女婿都是木渎这边的。这让我知道了，在住在古城区的老苏州人眼里，隔着二十千米，其实历史一点儿不比苏州老城短的古镇木渎，也属于外地，是乡下。他接着说：“住到这里五六年了，习惯了，这里也挺好。”

他和老伴两个人住着一套九十平方米的房子，老伴比他大两岁，身体却比他好。他们的四个女儿，大的六十五岁，小的也已退休，都住在附近。几个女儿不管星期几，也不管是不是节假日，每天上午买菜带来，在这里烧好后和他们一起吃好收好，然后打扫卫生、洗衣服，做完这些每天必做的事情，再回自己的家。我问他四个女儿是怎么轮流值班的，他说不知道，也不管她们是怎么轮班的，反正每天有人来就行了。晚饭和早饭由老伴负责——晚饭只要把中午吃剩的热一下，早饭一般是豆浆或牛奶，配上前一天女儿带来的点心。都说三个和尚没水吃，可这四姐妹，把老爸老妈伺候得多么妥帖。

刘老师是东北人，今年八十六岁了，退休前是东北一所卫生学校的老师。她有三个女儿一个儿子，大女儿早年去了美国，二女儿是苏州一所大学的教授，三女儿在海南，儿子在江西某县级行政机关上班。刘老师讲一口流利的普通话，一身时尚与传统兼具的衣着，一片做人做事的热忱。她每天领着十几个六十岁以上的老头老太太做健身操，六十节，约一个小时。站在队列前领操，她会时不时地走到某个人身边，为其纠正动作，在做到某一节时，她还会插进该动作对身体的某种益处的介绍。她如果外出或有事不能前来，必定会安排好给她代班的人，负责定时播放音乐、领操。

那天我和她在路上遇到，她向我告别，说准备到太湖边上一家新开的老年公寓进行试住。我愕然。我知道，她除了在美国的大女儿，国内还有三个孩子，都有不错的工作和不菲的收入，不知为什么要做这样的安排。

她说，几个孩子都争着要她跟他们一起生活，但她考虑再三，决定一个都不跟，自己住到老年公寓去。她觉得，和子女住在一起，不仅影响他们各自的生活，也使自己失去了独立的生活空间。在老年公寓，生活有人照顾，生病了有医生治疗，即便到临终，该有的服务，一样不缺。孩子们无法说服她，只好说那以后轮流到养老院陪伴。她对他们说："不作要求，你们有工夫、方便就来看看。"她说先去试住一个月，满意了，才签合同正式入住，不满意就再找其他地方。

还有一位老伯，是原航天工业部下属一家工厂的退休工人。这位老伯大多是一个人散步，有时走着走着，他会甩动胳膊，努力将腿抬高，唱起不完整的《中国人民解放军进行曲》："向前！向前！向前！"好几年前，有一回我和他相遇，我问他年龄，当时他已八十三岁。他告诉我，他老家在山东，年轻时当过兵，后来转业到了这里的工厂，便在此安家扎根。我问他什么时候回过老家，想不想回去看看。他说："想的，但已经行走不便，加之老家的长辈或同辈人都已不在人世，即便回去，也遇不到熟悉的人了。"去年秋天，因为好久没见到他，我打听了几个人，才知道他已经走了——终于魂归故里。

说一下坐在轮椅上的一位医生。她今年七十九岁，退休前是本地一名知名医生、教授，带过不少研究生，但自己却没有躲过疾病的袭击，七十岁的时候，患了脑溢血，经抢救治疗保住了生命，却成了准植物人。家人为她找了一个月薪六千元的居家保姆，专门照顾她的生活起居。保姆每天上、下午，都在固定的时间用轮椅推着她在小区里散步。她能吃饭，有基本正常的睡眠。散步时我和她的保姆说话，她能转动脖子朝我看，我甚至能从她的目光里感觉她有清醒的意识。保姆说她可能有时听得懂别人说的话，因为曾有几次看到她眼角有泪水溢出，只是她无法做出任何语言或肢体的表达。保姆说："经常带她去医院进行身体检查，身体各项指标都很正常。"

人总是要老的。人老了总要离开这个世界。只是在离开这个世界之前，因为身体及现实境况不同，所以便各具气象。小区里的这些我所遇到的老人，大多可谓高寿了，感觉他们既有对生命的珍爱和对生活的热情，又有一种超越生死的对生命的感悟。这些老人，是他们所在家庭的窗口，无论其物质基础富足或单薄，晚辈所具有的修为与情怀，都给我们以清晰的观照。家庭更是社会的窗口，从这一扇扇窗口，我们从物质和精神的不同层面，看到了时代的风貌，听到了社会脉搏的跳动。

愿天下的老人都有幸福的晚年！

2020.7.8

我的农具档案

生于农村，长于农村，对于那些曾和我有过亲密接触的农具家什，我对它们有着深刻而难以忘怀的印象。于是，便生出为它们建档立案之念，当然，其范围界定很小，只是曾经为我所用、所熟之物。

小锹，又叫铲锹。在我五六岁的时候，我就拿着它在地上挖坑，找蚯蚓，找毛毛虫。这时，它不是农具，是玩具。渐渐长大，八九岁了，在我上学之余，有了挑猪菜的劳动分工，这时，小锹就成了农具。之后，由挑猪菜到铲羊草，再到朝地里下种子、挖菜，所用的工具都是小锹。

钩刀，像半个月亮，刀口也是平直的，使用起来是由外而里，要斩获的对象主要是杂草。当庄稼地里的草因为没有得到及时清除，长得又密又茂盛的时候，钩刀便是对付它们的最得力的武器。但用钩刀除草，效率极低，从早到晚，一天下来，能除上亩儿八分（约五六百平方米）地，就很不错了。

锄头。小锹和钩刀的木柄长不盈尺（约三十厘米），短兵相接，使用起来非常吃力，而锄头有约两米的竹柄，使用的时候，可以弓着腰，甩开膀子，大幅度地对地里的杂草进行篦头发式的清剿，效率自然高得多了。记得那时的劳动定额，一个熟练的妇女劳动力，一天得锄近两亩（约一千平方米）地。这活儿，基本上都是妇女劳力的事儿。我做这活儿，只是在假期里被母亲拉去做帮工，而且是偶尔为之。

镰刀，就是和锤头一起组成党徽图案的部分，只是党徽图案上的镰刀没装刀柄，而且刀背朝外，是为了图案的美观。实际上，弯弯的刀口，必须朝着使用者的方向，锤头与之一致。装上约三十厘米长的刀柄，等于是加长了手臂。使用时张开左手的虎口拢住稻子或麦子，右手不住地做弧形挥动。挥动刀子需要力气，拢住稻子或麦也需要技巧。母亲一次能割好大一片地方，左手以臂相助，拥着稻麦，右手用镰刀带着，把割下的稻子或麦子放到用两截稻草结成的草圈上，只两三个回合，便能捆成一个结结实实的把捆子。一垄地割下来，把捆子排成一条线，整整齐齐。

扁担，这种最常用的农具，男劳力用的比较多。以至于那时候谁家生个男孩儿，便满脸生辉，喜滋滋地说是添了一条扁担。扁担的材质是有讲究的，最好的是桑木，其次是槐木。树龄不宜太长，直径十五厘米至二十厘米，待主干长到两米时伐下，沿中轴线剖开，可做成两条扁担。因为靠近树皮的一面和靠近树心的一面材质密度不同，所以，扁担会形成自然的弯曲，叫作上翘弯。使用时，弯子朝上，因为所担之物的重力，正好把弯子拉平，于是，随着脚步迈动，扁担便颤悠悠地上下晃荡，挑担者便感到自在舒服。做农活时，使用扁担最多的是挑河（人工挖掘河道，编者注），其次是挑稻把和麦把、朝地里挑农家肥料，还有就是朝自己家里挑生产队分的口粮和火草。

担绳和络系，它们是专门为扁担配套的配件。担绳是用来捆稻把和麦把、捆秸草的，用稻草搅成粗如铜钱直径的绳子，长三四米，两根一组。无论捆稻把、麦把，还是捆秸草，都有很高的技术含量，要捆得正、捆得紧，要打成活扣，挑的过程中不能掉下，到了目的地后要轻轻一抽就能把担绳抽出。稻把好捆，麦把因为麦秆比较滑溜，捆的时候，得格外小心，不能贪多，否则容易在挑的时候滑落。络系用绳子结成，下面是底，像个网兜，三纵三横；从底的四个角连接两根绳子，农用物资如笆斗或口袋之类家什放到上面，两根绳子提起，绕到扁担两端，便可挑着走了。

水桶挑水，粪桶担粪，箕兜装草木灰，它们功用的发挥，都离不开扁担。当然，扁担除了挑，还可以抬。在还不具备挑的力气或需要挪移位置的什物形单影只时，抬便是适宜的选择。

笆斗，这里所说的笆斗，是那种能装五十公斤开外的粮食、在集体晒场使用的专用工具。粮食脱粒后晒干、扬净，要入库，靠的就是这种笆斗。装满了，两个人各抓一边的笆斗环一起用力，向上提起，轻轻地落到一个人的肩上，这叫扛笆斗。把粮食扛到仓库里的囤上比较简单，而运到粮站，扛笆斗就有点让人发怵了。粮库的粮囤有十几米高，用长长的桥板连接着，扛着五十多公斤的笆斗，走在颤悠悠的桥板上，一脚落空，后果比较恐怖。我在粮站扛过一次，现在想起来还有点后怕。但我的那些叔叔伯伯，走在高高的桥板上，却是如履平地。

板锨和翻耙、拉盖一样，都是收粮食时晒场上的用具。粮食晒着，要隔一会儿就翻，用翻耙；把晒过的粮食堆起来，上囤，需要拉盖拖。它们的使用，都比较简单。但用来扬场的板锨就不一样了。铲起一板锨粮食，用板锨将其扬上天空，风过处，粮食落下，碎草、瘪谷等杂物却落在下风靠着粮食的地方。要根据风势调整角度和力气大小，扬上天一面扇，落下地一条线，有的人刨土坷垃一辈子，这活儿，都做不好的。

大锹和泥筐，大锹又叫铁锹，泥筐俗名泥络子。上河工是农民最重、最苦的活儿，而上河工除了用扁担之外，玩的就是这两种“兵器”。大锹是基层农具厂的烘炉工的拳头产品，那时三四块钱便可买到一把，再花一块多钱请本生产队的木匠安个木柄即可使用。泥筐取直径约三厘米的桑树枝条，弯成半圆的弧，用一截差不多四十厘米粗的枝条，如弦一样把弧的两端用钉子固定起来，便有了半圆的框，用细细的草绳，把框联结成网络状，泥筐初步做成。再用一根长的能承重的绳子，从中间叠起，先系住弧的中间位置，再分别系住横着的弦和弧交会的两端，把绳子提起来，做成一个扁担扣便可使用。大锹挖出的泥块，如果是表层土，湿度不够，易碎，就在泥筐上加一个用芦苇做成的篾兜子，碎土便不会掉落了。只要上了河工，都是自己挖，自己装筐，自己挑。

连枷，由一组竹条或木条组成，用牛皮或其他动物皮固定，一端有一个出在一边的耳子，塞于竹柄一端用火熏弯曲成的包头里，并将包头用绳子拢紧。高举并挥动竹柄，自由落体加上作用力的惯性，便可使麦子、豆子等作物的颗粒从胞壳或秸秆上掉出。

小叉子（二齿叉），有长长的竹柄，用于叉草或者翻草、翻场之类。钉耙，二齿或四齿，用于翻地，比大锹翻起来省力，但翻出的土块比较粗，耧田时，要把土坷垃敲碎。耧田的用具叫耧耙。

和船有关的：竹篙、木桨、橹。它们之间，橹的功率最高，一橹三桨，一桨三篙。在我们村里，如我一样会用竹篙撑船的多，能用桨和橹的没几个人。短途用竹篙，出远门都是拉纤。

罱河泥的罱子，划渣的渣耙——它们都是水中捞物的工具，使用既要力气，又要技巧。罱子分铁罱子和线罱子两种。铁罱子拿泥，线罱子分量轻，捞上来的泥带水少、肥效高。那时有随处可见的清凌凌的河水，罱子和渣耙功不可没。

犁、耙是比较常见的犁地用具。平整场地或水田用的漫盖，是在一根平直的木方上安上状似半截门框的扶手。把水田的土和肥料压实整匀的嵌草，是在一个长方形木框中装两截轱辘，轱辘上插满几厘米长的木齿。这些，都一律地以老牛为动力，具有一定的专业性，我尝试性地用过，但只是因为新鲜玩玩罢了。耙田的时候，牛把式一般会站在耙上，有时候，为了减轻牛的负担，又不至于让耙齿对土坷垃的粉碎力太轻，便会叫放牛的孩子蹲在耙上，牛把式跟在耙后自己走。

耕牛。牛是灵性极高的动物，是人类忠诚的朋友。在人民公社时期，确凿是将其作为大型农具进行集体财产统计的。一个两百余人的小村（生产队），有七八头耕牛。春分之后，根据生产队的安排，一些人家从集体的牛房里将牛牵走，养用兼管。养非常简单，荒滩、田埂、沟河的坡坎，都有品种不一的杂草，牛们或者用嘴巴对着地面啃，或者用舌头朝嘴里撩，吃上个把时辰，再到小河边饮些水，就能把肚子吃圆。农忙的时候，牛又要拉犁，又要拉磙子打场，没有时间自己觅食，牛就在下轭后吃为它们备好的青草。秋末冬初，天冷了，收和种的活儿都已干完，牛们又被送回集体的牛房，集中饲养。稻草是牛冬季的主要食料。在二十世纪七十年代中期之前，农事活动中最苦、最费力气的活儿，都由牛们承担。用牛的人家，大人是牛把式，小孩便是放牛娃。牛一下轭，大人便把牛交给了孩子。牛的寿命，在二十年上下，年老的牛，有的会被剥皮吃肉，但健壮的牛是禁止被杀戮的。

时光如流，这些相伴我共同度过童年和青春的农具，都已是明日黄花。钩刀和锄头不用了，除草剂大行其道。粪桶和兜箕不用了，罱子和渣耙不用了，被化肥代替的农家肥成为遥远的故事。耕牛没有了，牛倒是还有，只是它们不幸已成为人类的口舌之福。不超过四五十年，这些我和我的同时代人、我们的先辈世世代代使用过的东西，将彻底从生活中消失。后世子孙中有人凑巧说到其中的某种，许多人会如同我们今天说到刀耕火种、燧石取火一样觉得不可思议。可是，这些是我们的亲历。能目睹农耕时代的这些风景，见证两个时代的交替，幸或不幸，都是历史对我们这一代人的馈赠，我们不能拒绝，也无法拒绝。

2017.12.6

青春拾零

在键盘上打出“我的青春”，后面竟然跳出“谁做主”，我傻了，自以为想到了一句差强人意的话当作这篇文章的题目，原来却是在拾人牙慧。在网络上搜索了一圈才知道，这是一部前几年热播的电视剧名字。该剧演的是一个大家庭里的三个表姐妹，面对艰苦的生活她们不服、不忿、不屈，冲破重重阻碍，用各自的方式通往理想的彼岸。这些生逢其时的年轻人是自己青春的主宰。倘若这种提问由我提出，回答就糟糕多了：我的青春，我说了不算。

（一）初次“就业”

1973 年 1 月，我高中毕业。毕业便“就业”。下午离开学校，第二天我就下地干活儿，农村长大的孩子，就业就是这么简单。

我先是跟在女劳力后面出工，和她们一起挑河泥，用泥框从干涸的沟底把潮湿的淤泥挑到麦子地里，用铁锹把它们扒拉成拳头大小的泥疙瘩，均匀地压在绿色的麦苗上。据说，用泥压过的麦苗不怕霜冻，且能从淤泥里汲取春季返青后生长、拔节需要的养分。后来，男劳力朝地里挑大粪，我就和另外几个年龄差不多大的伙伴一起，用粪勺把大粪从粪桶里舀出，浇到用铁锹打在麦地里的粪口子里。完了还要用脚把灌进大粪的口子封上，防止下雨时雨水把这肥料冲走。

到了收麦子的时候，女劳力割麦子，男劳力挑麦把。我不会割麦子，怕镰刀伤着自己，便携一根扁担、两根担绳，跟在男劳力后面挑麦把。叔叔伯伯们挑着麦把，还一路打着号子，我耸着肩，笨拙地用一只手压住扁担，一只手抓着身后一端捆着麦把的绳子，生怕麦把从绳子里逃出来，半天下来，两边肩膀都压得又红又肿。

还有一种活计，虽然极苦，却是我那时向往的——出差，比如为水利工地上的民工送草送给养，到县城的化肥厂装氨水，或者去砖瓦厂装运砖头等。这类事情都要通过水路到外面，少则十几千米，多则几十千米，那些其实并不遥远的陌生的地方，对于难得出远门的我来说是极大的诱惑。虽然河边的纤道坎坷甚至荆棘丛生，虽然这样的路一天走下来脚上打满了泡，虽然一天只吃两顿，但每有这类工作安排，我都非常乐意。

我在生产队"从业"了半年多，挣了一千五百多工分。年终分配，每工分的分值是人民币四分钱。这一年，除爸爸妈妈挣的之外，虽然多了我挣的工分，全家六口人仍然欠生产队粮草款一百多元，是所谓的超支户。那时一年下来能够分红（即劳动所得扣除粮草款还能拿到一些钱）的人家，约占总户数的四成，多的也就分得一二百元。

由于在学校里受到过深刻的"广阔天地，大有作为"的教育，受许多从大城市来的知识青年在我们这里安家落户的现实影响，对于这一段在农村的生活，我当时不仅没有唉声叹气，反而有一种乐天认命的恬淡，做什么活儿，得多少工分，都听从安排，似乎一切就本该这样。

那一年，我十九岁。

（二）棉花工

九月中旬，我到供销社做棉花合同工。

每年的这个时候，棉花开始吐絮，供销社都要到各个生产队招收棉花合同工，挑一些人到供销社的花部，从事棉花收购工作。我有幸位列其中。

供销社的花部当时共有三十个人，经理、主检、总结算都是正式工，另外还有往年留下的三四个业务骨干，其余都是和我一起被招进来的新手。我的工作是称棉花，雅称司磅员。但分工不分家，负责称棉花的也好，负责检测棉花质量的也好，负责结算的也好，除了几个正式工和领导，都要扛花包。每个花包必须塞满三十七点五公斤棉花，两个包合起来，打成一件，七十五公斤，然后由两个人帮着，把和人的身高差不多的两包棉花放到肩背上，再将其扛到存放棉花的场地。我第一次被花包压得喘不过气的时候便开始后悔，但已经来了，只得咬紧牙关挺着。花包才开始堆的时候还好，当堆到七八米的时候，从悬在空中的四五十厘米宽的桥板走上花包堆子，除了需要力气，还需要良好的心理素质。我那时晃荡着走上桥板的时候，是绝对不敢朝下面看一眼的。

也就三个多月的时间吧，棉花收购结束，棉花工按照旺来淡去的合同约定“退役”还乡。但这年我们被留下了，因为年底将至，供销社需要加工馃子等年货，人手不够，便让棉花工上阵帮忙。还有，快过年的时候，商业销售全部进入旺季，卖日杂的、卖百货的、卖布料的，都忙得不可开交。这样，便需要抽一些会写写算算的人前来帮忙。我先是被安排到浴室，负责收筹子、发毛巾，后来被调到日杂部负责收款，再后来又到棉布柜负责收布票和钱款。

供销社的人员构成包括全民工、集体工、长期合同工、季节性合同工和临时工。人员的户口性质分为定量户口、定销户口、农村户口。季节性合同工和临时工属于一个类型，都属于招之即来、挥之即去的那种。长期合同工一般是由短期合同工熬出来的。领导干部批条子，全民工甩膀子，集体工油嘴子，临时工小篮子，说的是从领导到各种不同性质人员的不同待遇。那时，大到自行车，小到一瓶酒、一斤糖、一包香烟，都离不开供销社领导批条子。甩膀子是说全民工多为管理人员，走走看看，不需要做具体工作。油嘴子是说集体工属于供销社旗下的商业公司，而熟食、饭店这类经营，都由他们负责，所以，落点油汤油水，实属近水楼台。小篮子即季节性合同工及临时工，顾名思义，即像小篮子一样，被人提哪儿放哪儿，专做重活儿累活儿。

我和晓舟是在供销社认识的。他来了花部之后，和我们一起住在一排破旧而简陋的平房里。我们的宿舍不在一间，但是因为平时说话投缘，便常常一颠一倒挤在一张床上睡觉。睡不着时便编排别人，给别人起绰号。一个副主任平时见到我们，总喜欢拉着脸，和他打招呼的时候都爱搭不理，我们叫他“三木首相”，叫他的女儿为“三木公主”。此外，还有“陆牛牛”“陈圆圆”“包大人”……只要不喜欢谁，我们就绞尽脑汁给出一个只要说出来就会让别人心领神会的绰号。

我离开供销社之后，物资匮乏的历史还没有结束。后来我到学校读书，晓舟前来看我，带给我一块江海肥皂、一条上海产的中华牙膏。那时，这绝对是一般人无法给予的非常奢侈的馈赠。

（三）挑河

在供销社，除了辛苦之外，有着比辛苦更让人难以承受的诸多压抑和不快，但我仍然把这里当作一个可以寄托终生的所在。我幻想着能由季节性合同工熬成长期合同工，再转成全民工。但是，在苦熬苦撑了一年又十个月之后，我终于被解雇，回到了生产队，又成了公社这棵常青藤上的一朵向阳花。

经过了扛花包的历练，我已不是原来那个才出校门的半拉子劳力。我已经能够同那些叔叔伯伯一起，做除了罱河泥、耕田、撒种等技术含量比较高的农活儿之外的所有力气活儿。挑稻把，我一担挑一百公斤，从田头到打谷场，一两千米的泥路，坎坷不平，我竟能光着脚丫子一口气走完。

1975年11月，我随大批的民工来到了本县南片水利工程三新河工地挑河。我们的工段东西长七十米，共二十个人，人均三点五米，属于平地开河。在离工地二百米左右的地方，有一片稻子收割后未种麦子的空地，我们就在这里安营扎寨。

搭工棚用毛竹和树棍做骨架，然后在上面压上芦柴帘子，帘子上放一层塑料薄膜，然后压上厚厚的稻草。棚子的两端是用土坯垒成的山墙，山墙最高处约两米。后面的檐墙只有两层土坯，几十厘米高，前面的稍微高些，五六层土坯，高一米多些。棚子宽五米，长八九米。之所以这么矮，是因为这样才能防风，不易倒塌。自然，前檐墙的高度，也就是棚子门的高度了。我们每次进出，都必须弯腰弓背。

二十个人，一头住十个，中间有四米左右的空地，用于收工回来堆放泥筐和铁锹。一头放一只水桶，每天轮流到露天食堂打来热水，早晨洗脸，晚上先洗脸，后洗脚。早上洗脸也就罢了，晚上洗脚比较麻烦。十个人一个个地挨着，洗完脸再洗脚。洗到最后，水不仅不热，而且浑如酱汤。工棚的后面几米之隔，有一个半米多深的洞，用三根树棍扎成一个支架，用柴帘子围上，朝着棚子的一面空着，这便是我们如厕的地方。解小便不需要这样烦琐，离棚子远一点儿，可以就地解决。

吃饭是自己用饭盆或饭盒放好米或杂粮，送到食堂的笼屉上蒸，早中晚三顿都是米饭，食堂供应青菜或冬瓜汤，一碗里面找不出几根菜叶或几片冬瓜。汤是咸咸的，因为棉籽油是直接倒进汤里的，所以总能看到汤上面漂着一些油花。下饭菜就是个人从自己家里带去的萝卜干、咸菜之类了。如果有人吃从家里带去的咸菜炒黄豆，那简直就是开小灶了。

冬季早晨六点，天还没有亮，我们已经吃过早饭。有些人吃得快，吃完用手把嘴横着一抹，便拿上铁锹和泥框，朝工地自己的段面走去。

刚开工的时候，天气不是很冷，土层没有冻结实，任铁锹宰割。可是十几天后，表层土被冻成混凝土一样，需要用锤子敲成碎块挑走，才可以正常挖土、装框、挑运。在那样冷的天里干活儿，用不了多长时间，身上就开始发热、冒汗。每天天黑之后收工，身上都是湿漉漉的。洗澡只有隔上至少一周，才能到几千米开外的小街浴室里泡一次。因为洗澡的民工多，那浴室的水总是混浊的，带着一股臭味。

河越挖越深，堤越垒越高，每走一步都要爬坡，而且随着所挖的土层不断向下，湿度不断增加，因而分量也越来越沉。常常有人在工程的前期，尚能坚持，而到了后期，便会不堪重负扭伤腿脚或腰身，轻度的，躺在工棚里歇几天再上工地，严重的，甚至会终生不愈。

我参与的这项工程历时五十四天，挑土三百余立方米。平均每天挑六立方米。水利是农业的命脉，其实，撇开农业是所有行业的基础不说，仅就水和人类的关系而言，我们完全可以说，水利是一个国家的命脉。现在农民不用挑河了，各种机械化设备代替了当年的手挖肩挑。

三新河工程结束，我得到了一张盖有县政府大红印章的奖状，奖品是一把铁锹。这是我记忆中印象最深的一次获奖，一次整理杂物时偶然翻出，发黄的纸页，看上去全是汗渍。

2014.3.10

逝去的时光

我的爷爷，属羊，1974 年春天离开了我们。此前十年，他的老伴，我的奶奶，已先他而去。在那个春暖花开的季节，他们在朱家团滩里的一个墓穴里团圆。

我的四爷爷，比我的爷爷、他的哥哥小八岁，在爷爷走后的第五年的那个夏天，他去找他的三哥了，当然，也许是冲着四奶奶去的。四奶奶五十四岁就走了，我至今还记得，四奶奶入棺的时候，四爷爷在一旁一边呼喊着“桂英妈”，一边号啕大哭。桂英是我的一个姑姑的名字。我见四爷爷哭过两次，还有一次是我爷爷走的那回。

我的外公我压根儿就没见过，他走的时候，我妈还不知道哭，后来被外婆打了一巴掌，才因为屁股疼而稚声稚气哭了一会儿。外婆在外公走后，又过了二十年，走的时候七十六岁。那天，我妈妈胆囊炎发病，一边呻吟，一边啜泣。

我的爸爸妈妈是同龄人，都属狗。妈妈在我们家族中绰号药罐子，在我的童年和青年的记忆里，她似乎未曾有过健康的时候。她一发病，就是从床上爬到踏板上，再爬到床上，不停地变换身体的姿势，希望以此寻求片刻的安宁。保健站的杨叔叔因为常来我家出诊，和爸爸成了很好的朋友，但他来也实在没有什么高招，只是给她注射盐酸哌替啶，注射吗啡。在我们尚小的时候，每逢妈妈发病，外婆就带领我们一起流泪。自然，最受连累的是爸爸，他要请医生，有时要请人把妈妈往卫生院、往城里的医院抬，还有村里的工作和田里的农活儿。好在他身体壮实，我只记得他因为切除痔疮在县中医院住过一个礼拜的院，其他不记得他生过病。但他们的人生结局却让人大为意外：爸爸在不足六十岁的时候，病倒了便不能再起，而母亲，在他之后，还在世上多待了近二十年。

还有牛叔叔。他比我大不了许多，小时候上学，俨然是我的保护神，同学中稍有欺负我的，他便怒目圆瞪，拳头抡起。当然，打是打不起来的，因为他岁数大，个儿高，架势吓人，眼睛才瞪大，那边早已溜之大吉。他五十六岁时走的，真是一无所有地走的，没有给现在都已过得很好的我的两个堂弟和一个堂妹留下一个铜板。牛叔和牛婶都有残疾，能把几个孩子拉扯大了，已不容易。

他们先后住到了朱家团滩里的公墓中。后来公墓所在的那块地方要建工厂，于是，各家各户都接到了迁墓的通知，“左邻右舍”都迁走了，我们朱家的这几座祖坟，实在无法再作为“钉子户”而赖着不走。于是，春节前，在百无禁忌的大寒节气里，我们叔侄弟兄联合行动，把前述诸位尊长请到了新的墓地。

老墓成为新墓，按照风俗，需要在清明节到来之前扫墓。所谓扫墓，实际上就是到新墓地进行一次祭祀。为了省简程序，我们便和迁坟时一样，共同筹划安排了又一次联合行动。

婶婶七十九岁了，当祭祀活动快结束的时候，她揉揉眼睛，虔诚地对着墓碑说：“以后过年过节，还会来看你们的。”

一阵风从墓地吹过。

2015.3.18

将签到进行到底

在楼层电梯出入处，放着一张挪作他用的电脑桌，上面一个文件夹，不同的页面上，写着在这一层楼上班的这个机关全体人员的名字。机关每个人来上班，都必须先在自己的名字后面写上时间和姓名——这个程序叫作签到。

春节前的最后一个工作日的早晨，做完这个程序后，一种莫名的失落感骤然涌上心头。退休手续已经办好，从明天开始，我便再也不用上班，这是最后一次签到了。平时，对这种事情不太重视，许多回，虽然按时或者提前到单位，会忘了在这里签到，并且记起之后也不再补签。还有去外单位或企业办事，也常常忘了请人代签或作事后说明。倒不是倚老卖老，是年纪大了，对于许多事情都已看轻看淡，惰性增加，喜欢简略和粗疏。

但这一次不是这样。我下了电梯，径自朝办公室走去，却突然想起签到的事，回过头来，在签到簿上认真地写好自己的名字，看一下手机上的时钟，写上准确的时间。仪式般地做完这个程序，我想起了都德的《最后一课》，想起阿尔萨斯人最大的不幸，是在德国人不许学校上法语课的时候，才知道法语是世界上最好的语言。我在再也没有机会在签到簿上签上自己名字的时候，才知道这个平时为我所不屑的程序，原来包含着那么多值得珍惜的东西。一去不返的岁月，流逝的青春，不会再有的上班签到，它们，都是人生不可改变的宿命。人们对世界上的许多东西，拥有时视如草芥，失去时方知珍贵。

收拾抽屉里的东西时，我头脑里却一片凌乱，一些关于签到的记忆，从脑海里涌出，纷至沓来。

第一次签到，已经是近四十年前的事儿了。那是我工作的第一站，在一所乡镇中学，在教师办公室里的一块黑板上，用不同颜色的粉笔画出大小不一的格子，在一列格子里写上包括校长在内的每个教师的姓名，让每个人在对应的空格里签名、写上到校时间。不同科目的老师，到校的时间要求不同。语文老师和英语老师因为要陪伴学生早读，所以早晨冬天一般是七点，夏天六点三十分便要到校，其他科目的老师，可以推迟四十分钟或一小时到校。自然，迟来的老师离校的时间也就相应推迟。不仅来要签到，离开也要签。我所经历的几个跨部门的不同单位的签到，就学校的这项工作做的最严格，也最实在。

在教育单位签到了十余年后，签到的地方换成了行政机关，一签又是二十多年。机关的签到基本雷同于前述“最后一次签到”，形式上，它们可能直接或间接因为领导的重视程度和工作风格不同而有所差异，但并没有任何实质的区别。近年来，不少单位学习企业管理经验，走企业化管理的路子，应用电子技术实施指纹签到，来去都得“验明正身”。现代管理技术的应用，使签到越来越规范、严格。

其实，任何形式的签到，说到底，都是保证员工上班时间的一种制约措施。从实际情况看，绝大多数单位，在上班时间的保证上，并无多大问题，应该认真考虑的是上班后该做什么，怎样做，如何在规定的工作时间内，使工作效率得到切实提高。这牵涉到许多方面，比如工作目标的制定、工作岗位的设置、检查与考核等。这些，远比抓在岗工作时间更有实际意义。

本以为任何形式的签到都已和我无关，但打开博客、进入 QQ 空间，每日竟然都有签到。签到给分，连续签到加倍给予。因为曾隔三岔五地有文章被推上博客首页，我的积极性竟像年轻人一样被调动起来，连续签到了好长一段时间。后来新浪改版，兴味索然，便懒得再签到了。当然，博客和空间，基本上每天还都要进去看看。

人只要活着，总要以社会为依托，总要在这样那样的场合，以这样那样的方式融入自己的同类。虽然略去了形式，但既然融入，便是个人向社会的签到。即使某一天生命之灯熄灭，还要签到——当然，那是抵达另一个世界的一个隆重的仪式。

2015.4.21

被追尾的疼痛

大约半年前的一天上午，九点多，我从大丰回苏州，车子刚开上苏通大桥，突然，我的车屁股后，咚、咚咚，接连发出沉重的撞击声。被追尾了！

下车。我的车在被撞后又朝前开了一点。后面的三辆车，一辆顶着一辆，最后一辆的车屁股被撞得像半张的翅膀，向外飞出，而撞它的车，已逃之夭夭。该车驾驶员老刘被吓蒙了头，都没有来得及拍下逃掉车辆的车牌号。

交警来了。拍照，拦住另外两个车道的车子，让事故车辆移位到右侧的应急车道。交警收走了我们的行驶证和驾驶证，让把车开到交警队。我们几个开着受伤的车，继续向南，从大桥南面的常熟开发区出口下来，经收费站绕了个圈，向北把车子开到了位于南通开发区出口附近的目的地。这一圈，走了大约五十千米。

到交警大队，主要是确定事故责任。由于最后一辆车的逃逸，给事故处理带来很大的麻烦。从第三辆车的行车记录仪可以看出，逃逸车辆是一辆白色的、车身略大于一般车辆的轿车，但却无法看清车牌号。交警说，由于当时车流量大，即便他们调出监控录像，逃逸车辆的车牌号也不一定能看清。交警让我们协商解决。如果协商不成，只能车子丢这里，等过了国庆长假，再约好了前来处理。如果变为现实，协商无果。

交警大队院子外的一片空地上，停满被拖来或和我们一样自己开来等待处理事故的车辆。它们百孔千疮，除了几辆黄色的救援车，没有一辆完好。一辆被撞坏的宝马车旁边，一对夫妇向站在一旁的一位男士讲述他们的惊魂一刻。他们由南向北开，太太开车，先生坐在后排小憩。突然，一声巨响，他们的车被甩转九十度，车头撞在大桥外侧的栏杆上。女的说，她当时想到的是一定要掉到江里了。男的说，他被惊醒后，想到的是今天完了。然而万幸，他们的车子在撞上栏杆后停住了。

这里离市区较远，饭店难寻。有随身带着的茶水，我将早饭吃剩的几只包子，和家属分而食之，好歹对付了一下。我们最焦急的是车子后备厢里，塞着一堆属于鲜货的土特产，如果下午还不到家，它们都会发臭变成垃圾。

我们几个协商的困难，在于四人中最后一辆车的车主老刘不肯承担全部责任。他不无道理。但对于我们前面几个，责任确实在他。只要找不到逃逸的那辆车，他就无法推卸责任。但万一侥幸找到，他就和我们一样无须担责。而其实，承担责任的后果，就是下年购买保险时，因为享受不到保险公司的优惠，会增加一些费用，也就是千把元钱的事情。

距离下午两点交警大队上班，还有一段时间。我找到了中间两辆车的车主老吴和老杨，和他们商量，给老刘补贴一点儿，分担一下他的损失，算是给他替逃逸车辆背锅的心理安慰。如果老刘同意承担责任了，交警十分钟就能为我们办好事故责任认定手续，我们就能各自把车子开走；如果节后再来，未必能找到逃逸者，到时还要协商解决，费心费力费工夫。我的建议，得到了老吴和老杨的响应。老刘开始不愿意，后来也终于接受。协商成功，我们三个，当即给老刘发了红包。

交警根据我们协商的情况填写好事故责任认定书，我们分别在上面签字，交警大队盖好章后，我们各持一份，各自回家。下午四点半，我回到苏州家里。还好，总共只被耽误了五个多小时。

相逢何必曾相识，人在旅途同奔波。我们四辆车的车主，老吴和老刘都是南通通州的，但亦素不相识，他们是去上海办事。老杨在上海工作，假期和太太一起回海安探望老人后返沪。如果不是事故，我们彼此谁也不会认识。因为事故，陌路竟成相识。至于那辆逃逸的车，车屁股完好，车头一定自伤很重。虽然交警和我们宽容——其实是姑息了肇事车主，但我相信，他的心里，一定没有我们几个安宁。

到家后，我拿出手机，在微信朋友圈写下我在路上想好的一首小绝：后车追尾前车苦，留滞通州天过午。筋骨皮囊欣未伤，续行一路秋风抚。这是调侃，其实余悸犹在。写下这次亲历，算是给自己，也是给朋友留个警醒：追尾很疼痛，出行须小心。

2020.3.16

第五辑　河山揽胜

长陂云气满淮东

去扬州妹妹家串门，顺便安排了高邮一日游。这天吃过早饭，妹妹、我和家属，我们一行三人，由导航引路，向高邮出发。从328省道向东，到江都后拐上快速路北行，在启扬高速双沟互通附近，车子开上了老江淮公路。这路，便是运河大堤。这段运河，亦即大名鼎鼎的邗沟。一路北上，过了邵伯之后，道路顺着河势七拐八折。古人开河，一定有对自然河道的利用，不然，不会有如此多的曲折。

九点半多些，又一次拐过一个大弯后，我看到了一块竖立路边的牌子，上书“盂城驿”三字——高邮到了。在大堤左侧一个停车位安顿好车子，我们沿着台阶，走下大堤，走向运河边的观光廊道。河面上，一艘挨一艘地停泊着或大或小的船只。廊道内侧有一个停车场，停车场南北两面，分别有风格相近，但形式不同的仿古建筑，南面是邮文化博物馆和一个展览中心，北面好像是一个与河政相关的管理机构。这里最壮观的风景，并不在脚下，而是要河边远眺，北面不远处的镇国寺，中流兀立，一塔雄峙，波光云影，气象非凡。

返回大堤，从东坡走下，走过一个小院，便是隶属于盂城驿景区的南门大街。青砖铺地，白墙黛瓦，锦幡木门，销售字画、茶叶及旅游纪念品的临街门面，尽显古朴典雅。北行越过南门大街木牌坊，沿街的装饰虽然还是大同小异，但果品烟酒、小吃、水产品等各式店铺，给人以更接近真实的市井生活的感觉。公元前223年，秦王在此筑高台，设邮亭，便有了高邮。两千多年岁月流逝，倘若当年的某个邮差还能骑着快马赶来，他还会认识现在的这个地方吗？或许，如同一个老人见到了一别再未谋面的童年玩伴，似曾相识，却不敢辨认。

在南门街走了一段，我们再次返回大堤，准备去王念孙、王引之纪念馆。上车，沿着运河大堤北行几百米，从右前方的一条坡道驶下，见到了一座正门朝南的古建筑，以为纪念馆到了，停好车走近，却见烟雾缭绕。拱门一侧墙上挂有一块高邮市佛教协会的木牌，另一侧是高邮市人民政府颁发的文保单位的铜牌，上面写着“极乐庵”，而拱门上方正中的匾额上，写的却是“极乐寺”。后来询问当地朋友，才知道庵和寺都不错——最初是尼姑庵，重修后便叫作寺了。出来步行几分钟，便到了大门朝东开着的王氏故宅——高邮王氏纪念馆。

这是一处免费景点。纪念馆之外，还挂有高邮二王研究院、中国训诂学研究会高邮研学基地、廉政文化教育基地等多块匾牌。作为一种难得的文化资源，这里是高邮一块引以为荣的金字品牌，一张熠熠发光的地方名片。

纪念馆分新馆和老馆两处。

老馆以王氏旧宅为基础，侧重展示王氏父子出仕之前的读书与生活，让人们从时光的沉淀中，感受和领悟两代宗师双峰并起绝非偶然。小院中的廊柱上有几副金字楹联，有李一氓的“父子一门乾嘉绝学，宋明以外训诂大成”，有周祖谟的“世代研经明古训，山川锺秀育贤人”，有何泽瀚的“不皖不吴独开一派，是父是子同有千秋”，这些，既凝练概括了王氏父子卓越的学术成就，又中肯地表达了后世对他们的敬仰之情。从建筑风格看，比之我在苏南一些古镇见到的名人故宅，这里绝无豪华可言，但其浓郁的书香之气，也是其他地方无法比拟的。

新馆傍旧馆西侧而建，从外形设计到建筑结构及室内布置，皆为现代风格。这里除借助声光电子技术，介绍王念孙、王引之的学术成就之外，还突出了外加王安国的王氏三代为官清正廉洁的事迹介绍，使这里成为极具现实意义的廉政教育基地。如果说，老馆犹如一条通向历史深处的幽远的时光隧道，引发拜谒者的崇敬、缅怀之情，新馆则更像一个面向未来的学习、研究、教育基地，通过最先进的现代化手段，为来这里阅读或研究二王的人们，提供翻检查阅的方便；通过先贤榜样的力量，激励新时代的人民公仆，警醒自励，检点行为，勤政廉政，不辱使命。老馆是新馆的基础，新馆使老馆丰富的历史积淀得以彰显和升华。

离开纪念馆，已是中午时分。我们在府前街靠近西后街的一家小饭店用过午餐，便向镇国寺出发。上运河大堤，向北没走多远，过高邮运河二桥，从运河西岸大堤南行三四分钟，左拐下坡，车子在古运河边停下。进入古寺大门，走过横跨古运河的廊桥，便到达在盂城驿已经一睹远景的镇国寺。古寺东侧是汤汤运河，西侧的古运河在寺的西南角拐个大弯，向东汇入新运河。这就使古寺居岛而立，宛如停泊在波涛中的一艘从远古而来的巨舟。寺因水雄，水因寺秀。

金殿雄伟，宝像庄严。这是大多数古寺的共同之处。然而镇国寺有自己的镇寺之宝，这便是建于唐代的古塔。这座方形七层楼阁式砖塔，矗立于小岛北端最后一进大殿前面的一方空地。塔座四面有看台，塔身最底层在看台之下。从看台四周设有的梯道下去，可以看到镌刻于四壁的关于古塔的各种文字介绍。1956 年运河河道拓宽，位于古运河东岸的古塔古寺，面临被拆除之虞。当地有关部门经过反复研究，形成报告后经国务院批准——让道保塔，留存古运河，在古寺东另开新河。这就有了新老运河之间这块近四十亩（约两万多平方米）的小岛，使古寺尤其是这座被誉为南方大雁塔的古塔得以保存。相比许多文物古迹遭到人为毁坏，古塔何其有幸，相关主政者的善举义行，功德无量。

看高邮湖亦是这次高邮之行的计划之一。从镇国寺出来，问路边行人，才知道回到我们刚刚走过的运河二桥西堍，就可以沿着湖边步道观赏湖景。近在咫尺，几分钟之后，我们便在湖边漫步了。这里是紧挨城市的市民公园，有一些人在湖边垂钓，有一些人在健身器材上锻炼身体。运河在高邮的这一段，有不少地方其实是河湖相连。像此刻我们面前的这段湖面，就和北上的运河浑然一体。

湖边的垂柳虽然还一派葱绿，但浅滩处的残荷，枯黄的芦苇，都清楚地昭示时令已临深秋。当然，这毫不影响水天相接、烟波浩渺带给我心旷神怡的舒畅。从城市逼仄的空间，投身自然的怀抱，心灵便不由自主地得以放飞。

归程开始。我们从运河二桥西堍沿运河大堤南行。但在走出一段距离后，导航提示左拐，然后向左后方前进。左后方是一条不宽的下坡便道，这是要我们从附近的运河大桥到东岸，走原来的路线。我不予理睬，继续沿大堤直行，然后顺着大路右拐。想不到的是，这是一条穿越高邮湖湖滩的新辟公路，路宽车少，沿途经过的王港闸、毛港闸，都是观览高邮湖的绝佳之境。

在毛港闸，我把车子开到湖边停下，走上机房犹在工作的泵房塔顶，碧波万顷，尽收眼底。此时我才知道，在运河二桥所见的高邮湖，只是湖之一角。这里才是湖的壮观之处。闸的上游，水面已接近脚下的地面，下游与上游，有几尺（约一二米）的落差。其实，上游或者下游，包括我们刚刚走过的公路，公路两侧在春天会开满金黄菜花的湖滩，在不太久之前，都还是一片开阔的水面。离开毛港闸继续赶路，发现路的左侧，湖边一些巨大的遮阳棚下，有渔民正在出售刚出水的鱼虾。

沿着湖滩公路继续西行十多千米后，拐弯向南，走着走着，竟即将进入瘦西湖隧道——就要到妹妹家了。然而，本应该直角右拐，我却走上了右拐专用道，近隧道而不得入，走向了蜀冈、平山堂。歪打正着，误临景区，虽未进入，但缓缓经过，也算有了一次愉悦眼目的近距离接触。

“长陂云气满淮东，下隐蛟龙万仞宫。”明代诗人张以宁写高邮的诗，其着眼点是写高邮的水，写自然风光。广而言之，我把它理解为写地灵人杰。高邮这块有着七千年文明史的古老地方，不仅有美丽的自然风光，更是英才辈出。王氏一族、秦观、孙觉、汪曾祺、乔登江等，他们是人中翘楚，是闪烁在高邮历史天空的璀璨星光。

其实，里下河东端串场河边的我的老家，离这里不过百余千米，而我，却是第一次走入这片神奇的土地。家门口的风光，如果错过，岂不太为可惜。幸好，我已来过。所憾由于计划不周，北门街、东塔、文游台等都未及光顾——也罢，留存念想，下次再来。

2020.11.13

南下北上俱欢欣

那天，听说从盐城到南通的高铁通车了，当晚兴奋不已。从此，南下或者北上，我有了更多的出行之便。当然，开心的绝不仅仅是我，绝不仅仅是以我所在的这块地方为出发点的我的父老乡亲。远方的朋友和亲人，一切和我脚下的这片土地有关联的人们，回家、前来观光或办事，会一样的便捷。

打通了家在上海的老朋友阿倩的电话，告之喜讯。阿倩和我一样高兴，说他以后可以来苏北了。阿倩竟当即邀请：明天来上海吃午饭，哥俩儿吃点老酒，庆贺一下。我不假思索地一口答应，并立马在手机上买好车票。

翌晨，我草草地吃了点东西，即赶向近在咫尺的高铁站。进站，候车，检票。到月台上等了会儿，离七点零二分出发时间还有几分钟时，列车呼啸着从月台一侧驶来。几乎同时，一辆从相反方向驶来的列车，也在月台的另一侧停下。

有电话打来，是一个同事。前几天在街上遇到，同事说好久不见，周六中午约几个老朋友聚聚，我欣然应允。可是昨晚一高兴，却将此事忘了。我满怀愧疚，却来不及多说，告诉同事，待会儿再给他回电话。掐断同事电话之后，我匆匆上了电子车票上标明的 5 号车厢。列车关门、启动，女播音员柔和缓慢的声音响起，我顿时傻眼：本想南下上海，我却上了北上青岛的车。服务员知道了情况，让我在下一站下车，我却改变了主意：调整行程，补票，去青岛。

给同事打电话，说明原委，致歉，承诺回来后做东再聚。再给阿倩打电话，告诉他遇到特殊情况，上午来不了了，请他午饭改晚饭，我下午一定赶来。

上午十点十分，我乘坐的高铁抵达青岛。半个小时后，我已经行走在离车站不远的小鱼山风景区了。小鱼山是一处具有古典风格的依山而建的公园，位于莱阳路东端北侧，毗邻中国海洋大学鱼山校区。山南面有闻名遐迩的第一海水浴场。小鱼山虽然只有六十米的海拔，但登临远眺，栈桥、带有历史印记又名加藤岛的小青岛、鲁迅公园、汇泉湾等景点尽收眼底。康有为、沈从文、梁实秋、王统照等名人故居是这里的独特风景，以此为基础整合而成青岛小鱼山文化名人街区，由于天气寒冷，虽略显冷清，但别有情调。可惜时间太紧，我只能粗粗浏览，来不及品味咀嚼，便匆匆告辞。也罢，无法细读慢品，算是下次再游的预习。

十二点十二分，返程开始，由青岛开往上海的高铁驶出车站。沿途有过五六次停靠，自然，其中有一次停靠，是在早晨我上车的盐城大丰。有时候将错就错，也能歪打正着；如果不是上错车，我怎么会在这次说走就走的旅行中，得观一片不期而遇的远方风景？

下午四点十五分，列车驶上沪苏通大桥。以往乘车，无论旅途远近，我都会入座生困，或眯眼小憩，或舒畅地睡着。而这回，北上南下，我竟然倦意全无，除了刷刷手机，便是观赏窗外稍纵即逝的景物。广袤的原野、纵横的阡陌、林带、河流、城市、村庄，我珍视以这样的方式，和它们在生命中相遇。

当列车离开我早晨上车的车站风驰电掣一路南下时，我看着窗外这片熟悉的原野，思想的野马却从车厢里跃出，奔向百余年前的历史场景。

一望无际的滩涂。芦苇，蒿草，野獐。低矮的茅棚，浓重的炊烟，弯曲的小路。海浪，潮鸟，牛车。煮海熬盐的本场人，推着独轮车北上的启海移民。这一切，在一个叫作张謇的末代状元的导演下轮番出场，演出一幕幕沧海桑田的时代大剧。由列车轻微的晃动，我想到了列车下的路基。几年前，我见到过施工人员用掘土机刨开表层黄土，挑灯浇筑路基的辛勤。何止几年啊，一百多年来，在江苏东部的这片沿海滩涂上，从废灶兴垦的筚路蓝缕，到棉海粮仓的旧貌新颜，从实业兴邦的雄才大略，到一代接一代的耕耘播种，多少人为圆这块土地今日的腾飞之梦，以心血与汗水浇筑起坚实的基础。

沪苏通大桥的北堍，是已有百余年历史的天生港，它也是张謇的杰作。我知道它的名字，已经有五十余年。上初中的时候，学校组织我们一群十三四岁的孩子，先到上海后去江西井冈山接受教育。第一次南下，我们坐了一天一夜的轮船，来到通州这个叫作天生港的接江通海的港口，准备在这里转乘江轮。然而，却因为上面有了新的通知，我们在这里待了一天，第二天又乘轮船返回。和来的时候一样，一天一夜，睡觉是坐着打盹，吃饭是开水泡炒面。幸好，生活的清苦，中道而返的迷茫，在童年的好奇与懵懂面前，都不乏趣味。

下午五点零四分，列车到达上海站。换乘地铁，半小时后，我终于赶到了阿倩的家里。阿倩比我年岁稍长，因为下放在我所在的村里，我们因此成为朋友。我去上海，必去他家，如果不去，他知道了都会让我感动的生气。但我虽多次邀请，他回城后再也没有来过村里。他一坐长途汽车就晕车，而且一晕连续好几天。

晚餐准备得非常丰盛，美酒佳肴，除他和夫人之外，还把不和他们住在一起的儿子一家叫来作陪。席间，我们边吃边聊。阿倩说，这下好了，坐高铁不晕车，今后每年至少要去苏北一次，玩玩，看看。突然，他话锋一转，问："你什么特殊情况，说好了早晨出来，搞到傍晚才到。"

我怕被他当面笑话，继续以特殊情况敷衍。但越是敷衍，他越是追问。当迫不得已而告之实情，他果然哈哈大笑之后，丢出一句话来：

“莫负好时光，趁着还没老年痴呆，多出来走走！”

2021.1.26

第六辑　读书留痕

读刘炜，我踮起脚尖儿

读刘炜的诗集《月光下的村庄》，想起有一次在博客上读他的诗，我在诗后写评论："读兄弟的诗，我总要踮起脚尖。"确是这样，如果你只是随便翻翻，或者漫不经心地看看，是读不出什么味道的，但是，当你踮起脚尖，以一种翘首遥望的姿态，潜心体悟咀嚼，阅读的愉悦便会悄然而至，不知不觉中，你会亦步亦趋，随他走进那块属于诗歌的精神高地。

刘炜的诗歌，没有泛泛的叙述和铺排，也没有呼天抢地的直抒胸臆，而是别出心裁，借助于某种意象的构建，在看似风平浪静的文字中，让读者感悟和体会作者内心的惊涛骇浪，领略作者构思的精妙和思想的敏锐。

写亲情的，如《要考虑到思念长大》，写的是对已故父亲深切的追思和缅怀。刘炜写道：

> 母亲抱着父亲 / 乘车来到了城里 / 刚装修过的屋子 / 母亲找不到钉钉子的地方 / 就把微笑的父亲 / 一直抱在怀里 / 我说白墙 / 就是父亲 / 刚下过雪的田地 / 只要父亲喜欢，只要思念够得着 / 都可以钉钉子 / 但钉子一定要扎实牢固 / 要考虑到思念长大 / 也会像秋天的果子 / 越来越沉。

李清照的“只恐双溪舴艋舟，载不动、许多愁”，给无形之愁以有形有质之感，船儿太小，愁绪太重，极其形象地写出了心中的郁积与苦闷，这是最深沉的闺阁之怨。刘炜的愁绪，承载的不是船，而是将要钉在墙上的一颗钉子，钉子上要悬挂父亲的遗照，这也是一种承载，如水之载船。可是这不是一张薄薄的纸片，是吸纳、凝聚、蕴含着儿子无尽思念的一个特殊具象，它的分量之沉重，自是不言而喻。不仅如此，李清照心中的愁绪装上船也就装上去了，而刘炜的思念还会与日俱增，所以，他对钉子就有了特殊的期待与考虑。这首诗所写的事情太过简单，就是在新居挂上父亲的遗照，但通过对挂照片的钉子的诗意开掘，那种永远无法割舍的父子之情，便得到了淋漓尽致的表现。

写事理的，如在《我更羡慕死了还占着别人座位的人》里，刘炜写道：

> 一个人在另一个人的心里的重量/其实一直是一种虚拟/但却比现实的重量/更易于上下浮动心的砝码/公交车每下一个乘客/就会空出一个位置/而一个人下了车/却很可能还占着另一个人心里的位置/作为一个乘客/我羡慕有座位的人/作为一个人/我更羡慕死了还占着别人座位的人。

人和乘客，在逻辑上是一种包容关系，是大概念中的小概念。刘炜把人和乘客比照着写，乘客下车后还可以再上车，但人“下车”后便化为青烟。乘客下车后会空出位置留给新的乘客，人“下车”后却常常继续占着位置——占着在别人心中的位置。虽然人心比海洋与天空还要广阔，但人心里的位置其实也是有限的，当有限的位置给了景仰或心仪的对象，也就意味着对许多人关上了门扉。作者以冷峻、平和的语气，抒写了对那些死了还占着别人座位的人的羡慕，从中，我们很自然地想到了臧克家的《有的人》中的名句：“有的人死了，他还活着，有的人活着，他已经死了。”这是对作为人的个人修为的热情呼唤，也是对人生价值的探求与思考。

写故园、故乡之思的，如《坚持到春天改变了风向》：

> 从老家到深圳/这根树枝太长了/长到照着中国地图都算不出它精确的长度/这么长的树枝/真担心风一下会把它吹断/古人说落叶归根，但我却不敢随着秋天的落叶落下枝头/要落也得坚持到春天改变了风向/我怕北风/把我吹得离老家/越来越远。

刘炜写老家，写自己的村子的诗很多，但这一首写得尤其缠绵缱绻，读来令人无法释怀。从老家到深圳，再到游子所及的每一个地方，这棵树该有多大！但无论走到哪里，他都是这棵真正硕大无朋的树上的一片长在枝梢的叶子。生有故乡行，终作落叶归，这是许多人发自心底的期待。但作者在南方，如果冬季叶落，就会因为冬季的北风而吹的离故乡越来越远，所以，不落是一种希求，退而求其次，如果落，一定要坚持到春季。这样，当东南风吹来，就踏上了回故乡之路。多么深切的眷恋，驱之不散，梦牵魂绕。《深圳是个没有落叶的城市》，这不是气候的原因，而是因为深圳这个新兴的移民城市，她的落叶，都落到了“漂泊者的心里，风都吹不出来”。不是风吹不出来，是许多人在树梢上坚持着，等待能够把自己吹回故乡的风。

刘炜诗歌的题材非常广泛，亲情、爱情、友情，家事、闲事、国事，故乡的小河、小河边的老榆树、老榆树上的鸟窝，无一不可入诗，信手写来，浑然天成，总有自己独具慧眼的发现。本文限于篇幅，只能略举一二。对于刘炜诗歌的审美及思考，读者诸君只要用心阅读，一定会获得比我更深更好的体悟。

2015.12.28

每一次相遇，都被叩动心灵

吴瑛的散文集《不是每一场相遇，都会恰逢其时》《生命是场博弈，过程便是奖赏》相继出版。两本书中所收入的文字，在博客或报刊上，我大多已经读过。收到她的赠书，再次捧读，深感她的文字具有与众不同的魅力。

吴瑛的文字是温暖的。在吴瑛的文字中，有一种直沁心脾的温暖，有如和煦的阳光，能赶走你心中的寒意，让你感知世界的温馨和美好。这种温暖，不是空调或其他人力的营造，是仲春时节吹过原野的风，是透过云层的阳光对大地的最温情的抚摸。

《生命中的每一丝感动》，先写一个花七天时间学习网购的男人，买了一款披肩赠送一个女人的故事。作者不知道这个女人和男人的关系，是家属或亲人，是情侣或朋友——这都不重要，重要的是，当季节变换，适时寄去凝聚一片真情的这款物品，不具姓名，却“让思念成为有形”，是温暖的真诚传递。接下来写老爸为自己烧饭。当了一辈子甩手掌柜的老爸，自带钱粮，来给自己家里买菜做饭。爸爸烧的菜“荤素搭配，色香味俱全”，“每每在我回家时，像个孩子似的快乐地迎上来”。“老爸在灶台上忙碌着，我从他身后环抱着他”，但这种表达，竟“让他有些不知所措”。父亲的怜爱之情，女儿的感恩之心，亲情的温暖，流淌出幸福的声音。最后，自己从家里去了店里，正忙着从一楼向上搬物业刚刚送来的货物时，一个从楼梯上下来的小伙子，“突然折身，一把拎起口袋，帮着把货物送到了楼上”，“整个过程，快得我连说声感谢都没来得及”。这是来自陌生人的温暖，却是从社会通向个体的那扇窗户中流出的，是前述两种温暖的升华。

吴瑛写温暖，并不回避寒冷，但即使在凛冽的氛围中，也能让读者感受到温润的暖意。《两个男人赶路》，写的是自己的姨妹和姨妹夫离婚的故事。既有婚姻，一定有当初的卿卿我我、甜甜蜜蜜，也一定有后来的磕磕碰碰、吵吵闹闹。但姨妹和姨妹夫的吵吵闹闹中有姨妹夫的外遇故事，这就使他从道义上处于一种不利的位置。因为原来翁婿关系一直很好，所以大女儿建议老爸和爱婿好好地谈一谈。但大姨父，那个做了一辈子老师、平时威严有余的大姨父，居然一声长叹：“哎，我家小三子那个脾气！”极简练的文字，却包含了极其丰富的信息量。从这里，我们可以看到一个父亲的胸怀与通达。他不追究女婿的出轨，却把他们婚姻危机的责任归结到自己女儿的性格上。最后，作者没有惋叹姨妹和姨妹夫的离婚，却写出让人意外的一笔：“翁和婿，算是两个男人一同赶路……我的姨父，终和他最赏识的小婿，走散了。”一个写分离的故事，我们却从大姨父超出常人的思考中感受到一股浓浓的暖意，这股暖意未必能抵挡凛冽的寒风，但却能抵达读者的心扉。

吴瑛的文字是散淡的。她的文字平和率真，从生活中信手拈来，极普通的事儿，到了她的笔下，就有了耐人寻味、给人启迪的意趣。清水活鱼，原汁原味。这种为文的随意性，不刻意而求之，是一种难得的散淡，比之那些浓妆艳抹、斧凿之痕明显的文字，更容易引起读者的共鸣。

还有一文，写到了母女关系。妈妈在菜市场打扫卫生，捡回许多无用的东西，把家里整得像垃圾场。大大小小的塑料袋、旧窗帘、布头杂物，一律洗净晾着，进屋时脚都不知送往何处。“我”直接对妈妈发火：“不要再把这些东西带回家了！”然后，自己替妈妈把家里清理一空，打扫得干干净净再回自己家。可是人还没到自己家里，妈妈的电话就追来了，是毫不相让的自辩：“那些东西都有用的”，“妈妈不偷不抢，不好吃懒做，妈妈没有错”。面对妈妈的大嗓门，“我”不得不承认，“妈妈永远不会错”。妈妈和爸爸都是国有农场的退休职工，有退休工资，还有一些积蓄，妈妈不是一个财迷，她辛苦赚来的钱，不是为她自己的家。妈妈的钱，千金散尽。接下来，写了妈妈许多年来的乐善好施，对日子过得不如自己的亲友邻居的慷慨解囊。哑巴姑姑、大伯、五叔、表哥，邻居、朋友，甚至偶遇的打工者，都曾在窘迫之中受过妈妈的雪中炭。最后，“我”只好由着妈妈去了，“由着她做小事，行小乐，过小日子”。母女龃龉，最后以女儿对母亲的折服而告终。生活的烟火味浓浓，读完这篇文字，我们不能不为身陷世俗中的母亲身上所具有的超出世俗的高尚而由衷钦敬。

《最甜美的笑容给最亲近的你》一文，是作者对到小区门口的一个书店买书的事儿进行描写和生发，揭示出人际交往中一个极具普遍性的问题：人们对陌生人或者半生不熟的人，常常待之以礼，给予甜美的笑容，而对于自己的亲人、亲近者，则常常大吼大嚷、开枪掼炮。那个极端大男子主义的书店老板，对自己的老婆颐指气使、粗口相加，但回过脸来，却对前来购书的“我”，露出阳光般的笑容。这男人绝不会因为一笔十块钱的生意而“乐成一朵花”，他是介意自己在陌生人面前的形象。接着，作者由彼及此，写到了自己对丈夫、对母亲的任性和不厚道。随手捡来的故事，在大多数读者身上，或许都能找到类似体验。作者只写自己，没有对别人的提示或训导，但我相信，读过此文，在如何对待亲情与人伦的问题上，都会产生有益的思索。

吴瑛的文字是鲜活的。吴瑛非常注意对语言的锤炼。句子简洁，读起来顺畅利落，给人明快清新之感。她的有些文章，取古人诗词为题，但使用恰到好处，没有故弄玄虚、掉书袋之嫌，典雅丽质之点缀和文字之清新相映成趣。她以平实、清新的语言状写日常琐碎之事，却给人以灵动、鲜活之感。

在以感恩父母为主题的《那些桑枣，抚摸过心尖》一文中，作者写陪挺着大肚子的“我”散步的母亲，发现路边一棵结满桑枣的树，不顾自己一大把年纪，想跳起来够树上的桑枣给“我”吃，写年幼时父亲从外面带回一香烟盒桑枣，“我”快乐地拿到河边洗，却把桑枣散落到河里，“我”坐在河边的石板上放声哭，父亲赶过来，哈哈地笑着，连衣服也没脱，直接扎进河里，捞回了桑枣，“我”终于破涕为笑。

接着，作者写道：“岁月真是好本领呀。我那样一对叱咤风云的父母大人，以不可逆转的趋势老将下去。近来的太阳，连日晴好。骑在我的小自行车上，无端端地充满喜悦。我无时无刻不在想着飞翔。阳光伸出千万只手，每个指尖都抚过我的长发，丝丝飞舞。那些飘向记忆深处的桑枣，似缕缕阳光，抚过我的心尖，枚枚甘甜。”平和的语调，朴实的文字，看起来云淡风轻，但细细品味，便能感受到作者心底有波澜起伏，有火焰升腾。

多情自古伤离别。“劝君更进一杯酒，西出阳关无故人。”“执手相看泪眼，竟无语凝噎。”“今宵酒醒何处？杨柳岸，晓风残月。”……唐宋诗词写人的离愁别绪，不乏经典之作，后世虽有不少写此类内容的高手，但超越者寥寥。吴瑛避强就弱，写人和狗，而且是和一只跛足的狗的离别，读来令人唏嘘，不得不叹服她的机智与功力——“爸妈的房子谈好了价格，卖掉了。所有的什物都做好了交接。我陪爸爸到农场交钥匙，那个承载了我的少年和青年时期最美时光的小别墅，要交给他人了。那片我亲手栽下的小竹林也要就此交给他人了。这些，我都有准备，唯有丑蛋，让我好生为难。”“我买来了猪脚一类的食物喂它，它欢快地摇着尾巴，一边吃一边兴奋地发出哼哼声。我抚摸它的伤腿，朝着新主人说：‘我没有什么割舍不下了，就这条狗——’”“丑蛋并不知道，我已经决定不带它走了，它依着我，蹭着，不停地摇着尾巴，嘴里发出欢快的声音。”“我叮嘱新主人：‘你们只要舍它一口吃的，我替它谢谢你们！’”“我”后来回家看过丑蛋几次，但丑蛋已不知所终。“我的泪唰唰地流下来。我找遍了每一个可能看见它的角落，我发誓，要是能再看见它，我一定会将它带走。只是，再也见不到它了——有些离别，一生是伤。”没有一句华丽的句子，没有半点矫饰，充盈作者心头的思念与不舍、忏悔与自责，被表现得伸手可触。

因为温暖，所以有了明媚；因为散淡，所以有了飘逸；因为鲜活，所以有了灵动。其实，在许多篇章中，这三者是共生共存、浑然一体的。这些使吴瑛的散文具有了自己的风格和特色。最后，套用她的“不是每场相遇都会恰逢其时”的句式来结束本文：和她的文字的每一场相遇，都会被叩动心灵。

2015.12.11

捡拾文字化霓虹

——序韦江荷诗歌集《飞越一道彩虹》

我和江荷同住小城，已逾二十载，虽彼此熟悉，却认识时间不长。江荷出名较早，是本地的张海迪，二十世纪九十年代，作为身残志坚的励志典型，他已是本市家喻户晓的人物。我因为向来对所谓典型人物缺少关注，因而对他并不了解。自然，我之于他，也不甚了了。后来，因为我们都断断续续地在本地报纸副刊上发表文字，相互间便有了关注和了解。我感佩他的才情，但对他的了解只是一鳞半爪。

去年年底，我突然接到他的电话，向我道喜，其实也是向我报喜——在省作协公布的吸收新会员名单里，我们共同入榜，是为“同年”。之后，便有了电话和社交平台上的联系。他非常勤奋，每天写诗，常常不止一首，白天夜间，写出来即在自己的园地上发表。我对他的诗作多有点赞，偶有评论。在我，言出由衷，在他，便对我有了知遇之感。一日，他打电话给我，请我为他的诗集作序。我不敢应允：一是我之于诗，充其量只是个爱好者，缺少对诗的鉴赏功力；二是我乃无名之辈，纵然敷衍成篇，也人微言轻。但江荷执意相邀，且一再表明他不求名家效应，只图能有坦诚的交流。我答应他回大丰时见见面，聊聊再说。

和他见面之后，我不仅没了推却的勇气，而且有了想为他的诗歌说上几句的冲动。那日，在残疾人之家，在他的办公室，我们聊了一个多小时，他以已经出版的几本诗集为线索，聊自己的经历，聊自己和命运之神的抗争，聊命运之神对他由落井下石到张开双臂拥抱，聊生命之花在苦寒和酷暑中的绽放。我带上他的书稿，和他作别，他却挽留我吃午餐，并指着从家里带来的酒，说要请人陪我。我坚辞不肯，他说：“如果连一顿便饭都不肯赏脸，就不要你写了。”婉拒不过，我只好答应和他一起去他事先联系好的饭店。

当他离开椅子，拄着拐坐上轮椅的那一刻，我惊愕了。他的残疾程度，远甚于我的预料。他的妻子来了，端庄贤淑，却也罹患残疾，只是比他好得多，能料理自己及家庭生活。在饭店，他的几个同事也来了，都有程度不等的残疾。尤其是那个叫作陈政的大哥，让我心生惊悚。他扶着自己的脚踝前行时，身体几乎贴着地面。他们的生存比之正常人，不知添了多少艰辛。残疾带给他们的，除了生活起居的不便，在我想来，更为沉重的应该是精神的郁闷和困顿。

但当他们在自己的席位上坐定后，要不是搁在一边的助行器具，还真看不出他们与正常人有什么不同。一样的谈笑风生，一样的睿智幽默，一样的热情豪爽。他们每个人都精通一门手艺，麦秆画、书法、编织等，这些不仅是他们谋生的手段，更使他们实现了人生价值。面对包括江荷在内的这样一个既有坚定自信又有充盈活力的集体，作为一个健全人，我觉得，他们身上有许多值得我仰视的地方。

这些多为题外话，但从中亦可了解江荷诗歌创作的背景和土壤。江荷有非同寻常的人生际遇，在这样的环境里孕育出的诗歌，注定具有与众不同的特色。这种特色，用三个关键词来表达便是：沉郁、明媚、励志。

江荷的诗是沉郁的。《葵低头不语》：“十月，秋色薄凉 / 树影衬映着暮光 / 我与秋雨邂逅一滴水滴 / 水滴，从秋葵的面颊 / 滑入我的思绪——”秋雨、秋色，作者和秋雨的邂逅，色调有点滞涩、凝重，但哀而不怨，作者接着写道：“阳光已隐入厚厚的云朵 / 而你依旧固执地向着东方 / 你固守太阳的方向 / 让温暖一次次激活力量。”犹如载满货物的船，缓缓地行驶在碧波万顷的水面上，虽让人不敢掉以轻心，但也一定让人相信，彼岸在前，船儿必将安全抵达。这便是我从江荷诗中读到的沉郁，和沉沦无关。再如《露水已打湿鸟鸣》："露珠常滴在我的梦里 / 我的梦里细雨连绵 / 细雨里听不到乡音——"沉郁的天空有点暗淡，但绝不是黑云笼罩，一阵风来，便会云散天开。

江荷的诗是明媚的。《访荷兰花海》："在挤着秋的荷兰花海 / 在一大片凉风习习的荷塘 / 踩着枝头的鸟儿 / 争相发出清脆的歌唱 / 从不知何谓疲倦。"《我的秋天》："一切还是这样新鲜欲滴 / 晨阳，浓密的树影，小草野花 / 够了，我清丽的秋天 / 你比春天带给我的印象 / 更多了一份沉静之美。"两首诗里，作者描摹的都是"秋之为气"的秋色，却毫无萧瑟凄清之感，触目处，纵是秋色也明媚。明媚，但绝不绮靡，我们看到的，不是词语的堆砌，没有浮光掠影和无病呻吟。

江荷的诗是励志的。作者本人就是一个励志的典型，货真价实，并非别人抬高拔高而成。所以他的诗，有很大的篇幅是写面对逆境的思考，写思考后的行动，写行动后的感悟。这样他的诗歌，尤其是对于年轻人，就具有很切实的现实意义。《别输在别人的蔑视里》："还是多种点琴弦吧 / 让温馨的阳光花红草绿 / 能驻扎心灵多少 / 就存放多少 / 一个人学做一只啄木鸟最好 / 你只要用心啄一朵一朵的萌动 / 美和认知，春天才能包围住你。"《我每天都低着头，不是害羞》："阳光总会不时捋一下我的乱发 / 我低着头一路行走，脚步难停 / 我走坚硬的路 / 也走打滑的泥泞之路 / 许多打湿了的脚印丢到了身后 / 摸摸调皮的汗水，不知疲倦的 / 疯狂地呐喊 / 碧草只用一个转身 / 春天就来了。"读者能从这灵动、跳跃、轻松、明快的文字中，感受到一股力量驱散懈怠，拉着你向上行、朝前走。

江荷的诗歌，有不少写大海和滩涂的，这使我想起大丰海边的那一大片圈起来的湿地——野鹿荡。蒲苇丛生，古朴混沌，水天相接，鹿戏鹤鸣，一片原生态景象，极具生命的张力，同时也具有较大的打造、雕琢、提升的空间。当然，我又想，如果经过打造和雕琢，虽然从形式上看，江荷的诗可能平稳通达一些，但那还是他吗？所以，我倒是希望在创作的道路上，江荷从容前行，以灵性感悟生活，以理性升华灵性，既摒弃自我又坚持自我。

捡拾文字化霓虹，敢将豪情寄云端。我深信，江荷所飞越的那道彩虹，正是他凝聚心血的文字构建，在诗歌的天空，我们将看到更多的属于江荷的灿烂和瑰丽。

2017.8.3

再读刘炜，他用诗歌点亮寻常的日子

刘炜的诗，语言平实朴素，内容贴近生活，所写的对象都是人们熟悉的事物。树木、草堆、芦苇、小河、庄稼、场院，这一切，都统摄于一个不会轻易改变的背景——生他养他的那个村庄，和村庄融为一体的父亲母亲因为逝去而日益清晰的身影。写平常之事，咏平常之物，读来总让人为之震颤。

刘炜的诗歌，构思尤为奇谲。他的诗的构思，独具匠心，奇谲之处，令人拍案叫绝。“今夜的一阵雨声，像蚕吃桑叶”，在文学作品中，这样的描写不少，但刘炜接着就写出了自己的与众不同：“雨下下停停，下的时候，蚕在吃着桑叶，雨停了下来，这是蚕入眠了，由一眠二眠至大眠，蚕儿要上山了。”如果就写到这里，刘炜的状物之功力已绝非一般。但作者接着宕开一笔，写“我”的父母，围着村庄，围着“我们”作茧自缚，希望他们的孩子们能“变成蝴蝶，破茧而出”。这是神来之笔，使这首诗的构思一下子变得奇谲而瑰丽，不得不让我们惊叹诗人独具慧眼的“发现”（《今夜的一阵雨声，像蚕吃桑叶》）。

《我希望我的诗歌也是这样》一首中，写父亲挖掉河边的芦苇种油菜，自然生长的芦苇与人力栽培的油菜在角逐中甘拜下风，退出竞争，任由油菜生长。但由于父亲的离世，油菜无人栽培，河坎放荒，芦苇又顽强地茁壮生长起来。这是自然的力量。可以说，不管是贫瘠或者肥沃的土地，从终极思考的意义上说，自然的力量一定胜过人类的力量。作者希望自己的诗歌，能够“在我的身后，替我继续活着”。这不仅是一种自信，也是一种关于诗歌理念的宣示和追求。

《春天满了》，把季节比作一个巨大的空间，春天是从冬天搬来的，然后又会被夏天搬走。作者接着引出“走了十年的父亲和还逗留在春天的我”，“我”被搬到了春天，但父亲却成了空荡荡的冬天。这确实如同搬家，每一次的倒腾挪移，总伴随挥之不去的伤痛。

钢卷尺是一种极普通的测量工具。狭长的尺子蜷缩于一个扁圆的盒子里，拉出来，对物体进行测量，测量之后，依旧蜷缩到盒子里。由它，刘炜想到了自己的身体，这是一个奇特的盒子，而故乡的小河，那些弯弯曲曲在蓝天下流淌的小河，便是能够从身体里自如地拉出的卷尺，“我”经常想把它拉出来，量寄居的出租屋，量流逝的时光，量与自己有关无关的爱情，但“我”没有，因为不敢，怕小河的水太过汹涌。于是，“我”用眼角的泪泄洪。卷尺、故乡的小河、眼角的泪水，它们被巧妙地连接到一起，写出游子对故乡最深情的眷恋。如同作者在另一首诗里写过的，故乡是一棵树，“我”是他伸出几千千米的枝丫——我不得不惊叹作者构思的精妙。

刘炜的诗歌，总有生动的具象。与让人叫绝的构思连在一起的这些生动而鲜活的具象，被作者如同珠子一样用线串起，熠熠生辉。在《银河系》中，深邃的星空，能藏入凝视星空的眼睛；熟悉的打谷场，像打谷场一样的“我”谢了顶的后脑勺；蛰伏的麻雀，枝叶间的青桃；开过的桃花，奔向大海的河流，这一个个生动的具象，既互相独立又彼此关联，有如清风明月，使读者浸润其中，在获得审美快感的同时，引发人们对生命和自然的思考。

在有的诗中，作者所选取的具象比较单一，但由于刻画细致精巧，给读者的印象尤为深刻。如在《我一定会爱上更多的人》里，作者用过去时的方式写道：“一只避雨的麻雀，它安静地向我啁啾。然后，把头埋在怀里。”极其简洁的几笔勾勒，极其简单的一个画面，有形有声，有动有静，让“我”感到了亲切温暖。我相信，读过这首诗、看过这个画面的人，一定也会有如沐春风、如浴清溪的感觉。“祖国很小，故乡很大”，当此时，作者远在南国，却把他乡作故乡，既有淡淡的乡愁又有融融的温暖。

刘炜的诗，有丰厚的意蕴。形象大于思想是文学作品的共性，尤其是诗歌，微观上看，它可能是具体的、精致的、清晰的，但从宏观上看，它一定是抽象的、宽泛的、隐约的，甚至是只可意会不可言传的。我读刘炜的诗，这种感觉尤为突出。相对于那种直白浅显、一望见底的诗，刘炜的诗，无论是即景抒情的，还是构思比较宏大的，都有非常丰厚的意蕴。在《对流逝的时光肃然起敬》中，作者写道：“我喜欢在凌晨写诗，写着写着，天就亮了，那灿烂的日子，就是我用墨水瓶做的一盏灯。”接着，笔锋一转：“有时候，我会摸着头上稀少的头发，想起那些写秃的笔”，“对流逝的时光肃然起敬”。为什么要对流逝的时光肃然起敬？因为它童叟无欺，因为它让我们经历多少黑夜就能给我们带来多少黎明？因为它孕育了包括诗歌在内无数美好的东西？因为它能够像灯盏一样被火热的诗句点亮？或许只有作者知道，或许连作者自己都未必能够说清。但确凿无疑的是，从这首小诗中，我们感受到了一种触动灵魂的东西，一种和诗歌节律大致相同的发自内心的和鸣。

刘炜做人非常低调。前不久，深圳市总工会和深圳市文联举办“劳动美·诗歌情”诗歌大赛，他参加了，但他的参赛作品的后面，没有留下任何联系方式。结果，他居然获奖了，而且是唯一的一个一等奖获得者。大赛主办方通过发寻人启事的方式，才找到了他。但是，对于自己写出的诗歌，刘炜却有一种源自内心的笃定和自信。“那灿烂的日子”，就是他“用墨水瓶做的一盏灯”。他每天写诗，用诗歌点亮了一个个寻常的日子，他的日子，因为诗歌而灿烂。

2016.6.11

少年有梦天地宽
——读徐景新新作《秋怀集》

景新是我的师范同学。去年秋天回大丰，常夫、他和我，同窗三人小聚，他送我一本自己刚出版的书《秋怀集》。回苏州拜读之后，和为此书作序的常夫交流过我的看法。景新不容易，在冗杂的公务之余，能静下心来，写出记录生命轨迹和思考生活的文字，如果没有对文字的倾心与挚爱，没有对生活的热情与关注，这谈何容易！

正如常夫在序中所言，集内文字，“可看作私人生活的记录，个体历史的片段，家族演变的投影”。斗龙港边一个叫徐家墩子的小村落，留给景新太多的记忆。上学路上的结伴之乐，童年记忆中的风俗图画，苦涩兼有甜蜜的初恋，文艺宣传队的节目排练，工地上的披星戴月，乡村代课教师的起起落落，参加高考入师范院校……这些时过境迁的岁月，这些过往岁月的喜怒哀乐，在景新的笔下被刻画得细致入微、栩栩如生。

在《童韵悠悠人之初》里，景新写道：“西斜的太阳，在小河边树丛里收尽最后一抹余晖，妈妈们陆续回到墩子上。炊烟在黄昏的屋顶上一柱一柱腾起，又一缕一缕弥散在柔和的晚风里，化作如黛的雾霭。我提着猪菜篮子，和哥哥们一起，在打打闹闹中回到墩子上。晚饭时间到了，差不多在同一时间，几户人家都围到了餐桌边。”这不是文字的叙述，这是用油墨和色彩描绘出的夏日乡村晚景图。当然，这也是景新难以忘怀的童年一幕。

童年渐渐远去，青春悄然而至，情窦初开。那晚卸妆后，“我”被

“小常保”恳求着送她回家。“黑魆魆的天空忽然划过一道闪电，田野、房屋，孤零零的我和她，空旷无助的惊恐中，一个湿漉漉的身子钻到了我怀里——一股暖流流过周身。”（《为人师为人父》）故事止于羞涩与清纯，埋下的友谊种子，虽未开花结果，却长出长久的葱绿。关于青春的回忆，没有遮遮掩掩，也不需要遮遮掩掩。《秋怀集》中，景新无论是写私交，写家庭故事，还是写与工作相关的人和事，都能秉笔直书，本真而无矫饰。

由一个人、一个家族的过去，如果能看到一个时代的变迁与发展，这个个体的过去，便有了洞见一个时代的意义。这一点上，景新做得非常到位。当然，这得益于他的人生阅历。田野里走出，讲坛上耕耘，机关里沉浮，让他拥有开阔的视野，多元的人生体验，深度的理性思考，这一切，付诸老到娴熟的文字，就使读者从一扇个体的窗口，看到了社会的进步与发展，看到了进步和发展过程中的艰难与阵痛，进而表现出对深化改革、加快发展的信心和希冀。毫无疑问，这就大大加深了作品对于社会历史的认知意义。

少年有梦天地宽，回首前尘应无憾。景新的少年之梦是瑰丽的，所建事功，亦多可圈可点。然理想与现实，或然与已然，得如意者世间几何？但一点也不重要，梦过，努力过，得过程之乐，足矣。

2019.4.12

别开意境自通幽

——读于斌老师《彤史外纪》

我用了三天时间，读完了于斌老师的《彤史外纪》。

该书由书帏札记、琐窗笔谭、诗国寄情、史苑屐痕、岁月其徂五小辑合辑而成。其中诗国寄情，是作者的诗词创作谈，岁月其徂写亲情与友情，也可看作作者对自己的人生回顾。书帏札记和史苑屐痕都是读书（史）笔记，其中不少篇目都可看作极具深度的学术论文；只是后者是地方史专论，前者则涵盖中外。琐窗笔谭由对一些社会现象的思考而形诸文字，文体上可归入杂文、随笔一类。

曹文轩老师用“诗与剑”作为此书序的题目，确是慧眼独具，精当准确。我读完此书，于浓郁的诗意之柔美外，更感到一种冷峻、峭拔的阳刚之美，有剑气凛然。

阅读时，我从后面开始，先读岁月其徂，那种感觉，有如在春风里漫步，温婉细腻的文字，潺潺流动的思绪，紧紧地将我抓住，使我欲罢不能。家族传承、同事挚友、人间烟火、友情亲情，在这里我感受到了最真实、最温暖的人性。而且，从分散的篇目中，我连缀起作者一路走过的人生轨迹。这里有普通人的平凡，有不同于普通人的自觉自悟与砥砺前行，其中不乏激越与高昂，也偶有从低音区的滑过。

史苑屐痕一辑读了之后，我顿生惭愧。作为一个家在滩涂的盐城人，我对生我养我的这片土地，知道的确实太少。尤其是对于有着近两千年历史的盐渎古城，对于它的前世今生，比起我所熟悉的历史文化名城，对于其所具有的独一无二的历史遗韵，对于在这块土地上曾经有过的波澜壮阔，我竟然数典忘祖，所知寥寥无几。感谢于斌老师为我补上了这极为重要的一课。

诗国寄情一辑，通过对古典诗词的阅读与欣赏，解读诗歌的发展与传承，剖析诗词之要义，探求诗词创作的路径，是诗词创作的经验之谈，也是关于古典诗词的剀切之论。于初学者，有引路指导之功，于已入门径之同行同道亦多有启迪，能深化和提升境界、拓宽视野、扩大格局。

书帏札记和琐窗笔谭两辑，我是最后读的。这倒真有点意思，因为反过来读，让我有如从春天走到了冬天，按时序遍览四季风景。我沐浴过美丽的春光，欣赏过夏的繁茂与灿烂，饱览了果硕稻香的秋色，然后，走进冬令，我的眼前有飘舞的雪花，有银装素裹。窗外，有凛冽的北风，但寒冷不属于我，我在室内围炉而坐，倾听智者的侃侃而谈。以我的感觉，假如把这本书按照我阅读的顺序，把前面放到后面，这两辑绝对是当之无愧的精彩之作。

书帏札记所涉及的书目，有蒋廷黻的《中国近代史》，有钱穆的《中国历代政治得失》，有刘衍文的《寄庐杂笔》，等等。所涉及的古今中外的历史人物，有孔子、吕不韦、韩非子、林则徐，有托克维尔、罗曼·罗兰、贝多芬，等等。由这些书和这些人物所聊出的话题，未必都有柳絮轻扬、荷花映日的旖旎，但这里有天高地阔，有对社会人生诸多问题冷峻而深刻的理性思考，有对社会发展与进步的孜孜探求。

我从这两辑所受到的教益至少有以下三点。

其一，对历史及历史人物的评价，不能一味跟风，得有基于历史事实的独立思考。譬如从秦始皇统一六国到辛亥革命这一段两千余年的漫长历史，常被笼统地称为封建专制社会，家天下，皇帝一言九鼎。从总体情况看，确是这样，但如果把不同的历史阶段拆开来看，就能得到不同的解读。秦汉以始，皇室与政府其实是分开的。如汉代，在具体的机构设置上，属于皇室的机构有六尚：尚衣、尚食、尚冠、尚席、尚浴、尚书。我们经常听到的尚书，即是专为皇帝服务的“秘书处”。属于宰相的机构，共有十三曹，类似于现在的政府各部。皇帝颁诏，自己并无权决定颁布什么内容，得经过手下的工作班子层层把关、拟稿，皇上画“敕”后，诏书还得下行至门下省复查审核，如审核不得通过，还须加注奉还，重走程序。这种类似于现在尚有不少国家仍在实行的君主立宪制度，体现了我国古代先贤的政治智慧。历史上所谓的汉唐盛世，后来清明上河图所展现的宋代的社会繁荣，它们的出现，并非偶然，在其特定的历史条件中，这种相权对皇权的有效制约，是一个重要原因。

其二，唤醒国民，首在唤醒士大夫阶层。近代，从林则徐禁烟到鸦片战争失败、《南京条约》的签订，总结这段历史，其内部原因，通常都是笼而统之地归咎于统治者腐败无能、制度落后。而通过开篇之作《从林则徐看中国封建士大夫的两面性》一文，我们认识了真实的林则徐。这位国人心目中的民族英雄，开始对中英两国的实力对比缺少正确的认识，而后来，他是看清了情势的。要唤醒民众，首先要唤醒居于社会上层的士大夫阶层。社会改革大潮涌起，士大夫阶层只有不囿于自身利益的考量，才能推波助澜，从而推动改革，做社会进步的促进者。

其三，关注现实，以赤诚之心面对社会。琐窗笔谭所辑篇目，多为千字略多，可谓短小精悍之作，体裁上，可归入杂文随笔一类。写这类文章，首先需要有如前所述的担当精神，对于前进中出现的问题，要有善意的揭示和探讨，骨鲠在喉，不吐不快。先天下之忧而忧，忧而不为，忧有何益？忧而求解，方显可贵。于斌老师以他对社会敏锐的洞察力，从现实中发现带有普遍意义的话题，写成文章警醒世人，振聋发聩。如在《忠臣、烈女及其他》一文中，作者引袁枚《随园诗话》中的故事，说到清朝开国之初，新任江阴县令施行剃头令，要汉人将自然束发剃成满人发式，惹怒百姓，于是百姓起事抗争，杀了县令，守城两月有余被镇压，百姓被杀者达十七万之多。战斗结束后，一幸存女子竟慷慨投江赴死。丹心昭昭，史家对之多有褒扬。具有讽刺意味的是，清末，八国联军打进北京，有汉人被强行剪掉辫子时，又为失去辫子而殉道。曾经殊死拒绝的，又要殊死守卫。这“忠义”“节烈”之类，不过是别人强加于他们的枷锁而已。如果联系书帏札纪中《“国家主义者”韩非小识》一文对“爱国”和“国家主义”的剖析，我们就能对诸如此类的忠烈之举有更为清醒的认识。

笔端文字凝情志，心底乾坤亮眼眸。于斌老师以诗人、词家之笔力，文史研究者之慧识，成此《彤史外纪》。“外”字用得极好，唯其“外”，方得宏阔不拘，独出心裁由致远，别开意境自通幽，我们才能看到于斌老师用文字为我们描绘的如此美妙的风景。

2021.8.17

归来仍是少年时

——读沈慧瑛散文集《归来》

参加苏州阅读人生读书会组织的沈慧瑛新书分享活动，首先被这本书的颜值打动——古吴轩出版社望江南丛书之一种，典雅大方的封面设计，书名“归来”两字，繁体行书，竖写烫银，衬着紫色封套，尽显典雅与厚重。得书之后，数日读完，始知其不仅秀外，更兼慧中，是一本极有文化含量的书中精品。

全书分为四辑。念，是通过登门拜访或查阅文字材料，叙写从苏州走出去或与苏州关系密切的名人巨擘，写他们对故土的思念，写他们盛名之下温暖的人性之光。汉语拼音之父周有光，这位人瑞茶寿之年在家中接待前来拜访的作者时，所表现出的热情与随和，固然与其谦谦君子的品行密不可分，但更主要的，是他把接待的客人当成了故乡的使者，是蓄积于他内心的那份故土之情最自然、最真切的流露。顾诵芬、蓝英年两位前辈给予作者的孩子般的关爱亦是这样。乡音亲切，乡情浓郁，那是融入血脉的魂牵情系。《懋庄情事》里的汪懋祖和袁世庄，“带着一个世纪走了”的罗洪，坚守九如巷的张寰和夫妇，近代史大家沈渭滨，这些在人生与事业上秉持执念、成就卓著的人中龙凤，他们和寄旅京华的前述几位乡贤一样，在作者的笔下，既让人高山仰止，又让人感觉真实而亲切。

游，是写本地及周边城市的风景名胜。写苏州的只有两篇，分别为盘门和宝带桥。其余各篇，写的是江浙皖闽一些地方的风景或名胜。写本地如数家珍，这是作者尽地主之谊，端给客人的特色“名点”，写外地，多有和本地的对比观照。无论写哪里，都有对相关人物掌故的开掘和介绍，通过历史和现实的映照，通过讲述特定场景里发生的精彩的昨天的故事，赋予特定景物丰厚的意蕴。景物，因为人物而厚重，而人物则因为特定的环境而生动鲜活。

情，主打是亲情，兼写朋友情、同窗情、岁月情，雅爱喜好之类的各种闲情。比之前面两辑，这里有更浓的人间烟火味，有更贴近生活的油盐酱醋茶。如果说，在念和游中，作者是一个访者，在这一辑中，我们见到了作者以不同身份对社会生活的直接参与。从求学到工作，从青涩到成熟，世态或有炎凉，但作者文字中的温情一以贯之。世事未必尽如人意，但作者文字里所展示的俱是明媚与美好。

思，是写由工作及生活中所遇到的人和事引发的感悟与思考。诚如作者在该书后记中所写：“人从来不是独立的存在，鲜有人可以超然世外。”生活中没有旁观者，作为社会的一员，在接触社会的过程中，每个正常的人，都会有由个人认知所决定的对社会生活或深或浅的思考。而作为一个文化学者，一个作家，一个正在履职的国家工作人员，沈慧瑛的思考，自然带有鲜明的身份特点：既有深度而又不失分寸，既敏锐而又不失平和。

根据内容的不同侧重，作者分而辑之，这有助于我们从不同的角度加深对全书内容的理解。其实，如果粗一点看，第三辑的一个情字，亦可统贯各辑。念，是对前辈贤达的敬仰之情，游，是对山川名胜的爱慕之情，思，是关注现实的坦诚之情。赤子之心，人间大爱，借一个“情”字尽显。

说说本书的文字。英国诗人济慈说过，如果一首诗来得不像树长出叶子一样自然，还是干脆不来为妙。散文何尝不是这样呢？我读沈慧瑛的文字，无论是写人写景，还是叙事状物，感觉她书中的文字，没有无病呻吟和斧凿之痕，都是从她这棵树上自然长出的叶子。自然之外，由于作者具有厚实的文史功底和澄澈的人文情怀，书中的文字更兼高古大气、清新脱俗。不妨信手拈出两段：

> 由开道筑路形成的光秃秃的岩石壁，静默注视来往行人，就像山里人那般倔强而坚韧，坦然接受生活的艰辛，一丛丛从岩石缝里开出的杜鹃鲜艳夺目，与坚硬的石壁，形成鲜明的对比，柔美与硬朗完美结合。(《碧波青峰我独来》)
>
> 坐在旱舫或倚在初见书房的窗前，看一片云霞，几滴雨丝，聊两句闲话，喝几口香茗，或者安静地读会儿书，仿佛已是几度春去秋来，仿佛早已置身时空之外，仿佛赴了一次期待已久的约会，也说不清是人与茶的约会，还是自己与自己的。(《喝茶，暂时的逃离》)

这样的文字，是从树上自然长出的叶子，更是从峻拔、旖旎的心灵之峰汩汩流出的清泉，读之，滋养情怀，愉悦精神。

作者写于即将步入耳顺之年的这本书，取名“归来”，用心良苦。六七年前，作者曾写过一本《远行》，千里远行归梦圆，这是一个照应。儿子国外学成归来，即将和可爱的姑娘共同开启新的生活，作为母亲，借此表达亲人久别重逢的欣喜，也是对孩子的叮嘱：不管走多远，都不要忘了回家的路。

但对于书名，我还有另一种理解：如果说生命之路是一次单程旅途，所有的回家或者远行，都有相同的朝着远方的指向。苏州人沈德潜六十七岁才中进士，仕宦之途，有声有色。作者过五之年，赋闲在即，归来仍是少年时。以书中展现的才情和勤勉精神，我以为，归来喻示的是又一次文学之旅的开始。我期待并且笃信，会读到作者更多绚烂的文字。

2020.12.8